Fantastyczne Zwierzęta
i jak je znaleźć

WIZARDING WORLD

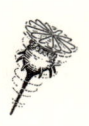

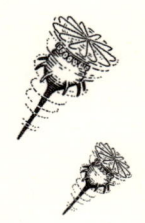

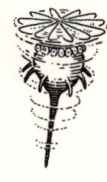

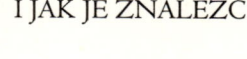

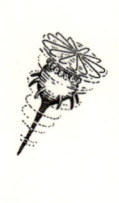

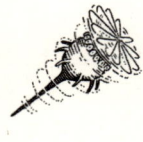

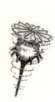

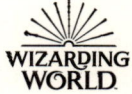

*W cyklu o Harrym Potterze ukazały się
następujące książki:*

Harry Potter i Kamień Filozoficzny
Harry Potter i Komnata Tajemnic
Harry Potter i więzień Azkabanu
Harry Potter i Czara Ognia
Harry Potter i Zakon Feniksa
Harry Potter i Książę Półkrwi
Harry Potter i Insygnia Śmierci

Wydania ilustrowane przez Jima Kaya:

Harry Potter i Kamień Filozoficzny
Harry Potter i Komnata Tajemnic
Harry Potter i więzień Azkabanu
Harry Potter i Czara Ognia

Inne dostępne tytuły:

Baśnie barda Beedle'a
(dochód dla Lumos)
Quidditch przez wieki
(dochód dla Lumos i Comic Relief)

J.K. ROWLING

FANTASTYCZNE ZWIERZĘTA
I JAK JE ZNALEŹĆ

NEWT SKAMANDER

Przełożyli
Joanna Lipińska i Andrzej Polkowski

we współpracy z

18a Diagon Alley, LONDON

Tytuł oryginału
FANTASTIC BEASTS AND WHERE TO FIND THEM

First published in Great Britain in 2001 by Bloomsbury Publishing Plc
50 Bedford Square, London, WC1B 3DP

This edition published in 2020

Text copyright © J.K. Rowling 2001
Foreword and new text elements © J.K. Rowling 2017
Cover illustration by Olly Moss © Pottermore Limited 2016
Interior illustrations by Tomislav Tomić copyright © Bloomsbury Publishing Plc 2017
Copyright © for the Polish translation by Media Rodzina Sp. z o.o. 2002, 2017

The moral rights of the author and illustrators have been asserted

Wizarding World is a trade mark of Warner Bros. Entertainment Inc.
Wizarding World Publishing and Theatrical Rights © J.K. Rowling

Wizarding World characters, names and related indicia are TM and © Warner Bros.
Entertainment Inc. All rights reserved

Wszystkie postaci i wydarzenia w tej publikacji, poza tymi znajdującymi się
w domenie publicznej, są fikcyjne i wszelkie podobieństwo do prawdziwych osób,
żyjących i nieżyjących, jest zupełnie przypadkowe.

Wszelkie prawa zastrzeżone. Przedruk lub kopiowanie całości albo fragmentów książki, jak również
transmitowanie lub udostępnianie jakimikolwiek dostępnymi środkami i w jakiejkolwiek formie
fizycznej, elektronicznej, fotokopii lub nagrania możliwe jest tylko na podstawie pisemnej zgody
wydawcy.

ISBN 978-83-8008-298-4

Media Rodzina Sp. z o.o.
ul. Pasieka 24, 61-657 Poznań
Tel. 61 827 08 50
wydawnictwo@mediarodzina.pl

www.wearelumos.org, www.comicrelief.org, www.pottermore.com, www.mediarodzina.pl

Łamanie tekstu Scriptor s.c.

Druk Abedik S.A.

Organizacja Comic Relief (UK) została założona w 1985 r. przez grupę brytyjskich komików w celu
gromadzenia funduszy i organizowania projektów promujących sprawiedliwość społeczną i zwalczanie
biedy. Środki uzyskane ze sprzedaży tej książki zostaną przekazane dzieciom i młodzieży
w Wielkiej Brytanii i w innych zakątkach świata, zapewniając im w przyszłości bezpieczeństwo,
zdrowie, solidne wykształcenie i mocną pozycję.
Comic Relief (UK) jest zarejestrowaną organizacją charytatywną: 326568 (Anglia/Walia); SC039730
(Szkocja).
Lumos, organizacja charytatywna, która przybrała nazwę od znanego z serii o Harrym Potterze
zaklęcia światła, została założona przez J.K. Rowling w walce o to, by do roku 2050 udało się
zlikwidować placówki opiekuńcze i wszystkim przyszłym pokoleniom umożliwić dorastanie
w kochających rodzinach.
Organizacja charytatywna Lumos oznacza Fundację Lumos, spółkę z odpowiedzialnością ograniczoną
do wysokości gwarancji, zarejestrowaną w Anglii i Walii w Rejestrze Spółek pod numerem 5611912,
a w Rejestrze Organizacji Charytatywnych pod numerem 1112575.

*Z podziękowaniem dla J.K. Rowling
za napisanie tej książki
i za przekazanie całego honorarium
na rzecz Lumos i Comic Relief*

SPIS TREŚCI

Przedmowa autora	9
Wstęp	15
O tej książce	16
Czym jest magiczne zwierzę?	17
Mugole a fantastyczne zwierzęta. Krótka historia mugolskiej świadomości	25
Magiczne zwierzęta w ukryciu	30
Dlaczego magizoologia jest tak ważna?	36
Klasyfikacja Ministerstwa Magii	38
Fantastyczne zwierzęta od A do Z	39
O autorze	145
Lumos	149
Comic Relief	151

PRZEDMOWA AUTORA

Do publikacji tylko w wersji "Dla czarodziejów"

FANTASTYCZNE ZWIERZĘTA I JAK JE ZNALEŹĆ

W 2001 roku udostępniono reprint mojej książki *Fantastyczne zwierzęta i jak je znaleźć* czytelnikom mugolskim. Ministerstwo Magii zdecydowało się na ten bezprecedensowy krok, by wspomóc Comic Relief, cieszącą się powszechnym szacunkiem mugolską organizację charytatywną. Warunkiem było zamieszczenie w książce oświadczenia, że wszystkie opisane w niej stworzenia są wytworem fantazji. Profesor Dumbledore zgodził się na napisanie przedmowy, w której zapewnił o tym mugolskich czytelników. I ja, i profesor jesteśmy bardzo radzi, że dzięki pieniądzom ze sprzedaży książki można było pomóc tylu najbardziej potrzebującym wsparcia ludziom na całym świecie.

Ostatnio, na skutek odtajnienia pewnych dokumentów przechowywanych przez Ministerstwo Magii, świat czarodziejów poznał nieco więcej szczegółów dotyczących powstania *Fantastycznych zwierząt*.

Nie mogę jeszcze ujawnić wszystkiego, co robiłem przez dwie dekady, podczas których Gellert Grindelwald terroryzował świat czarodziejów. Przyjdzie na to czas, gdy w nadchodzących latach zostaną odtajnione kolejne dokumenty.

PRZEDMOWA AUTORA

Teraz ograniczę się do sprostowania paru bardziej niedorzecznych nieścisłości, które niedawno pojawiły się w druku.

W swojej ostatniej książce *Człowiek czy potwór? PRAWDA o Newtonie Skamanderze* Rita Skeeter twierdzi, że nigdy nie byłem magizoologiem, tylko sługą Dumbledore'a, jego szpiegiem, dla którego magizoologia była „przykrywką" infiltracji Magicznego Kongresu Stanów Zjednoczonych (MACUSA) w 1926 roku.

Każdy, kto żył w latach dwudziestych, uzna to oskarżenie za absurdalne. W tamtym czasie żaden czarodziej nie mógłby udawać, że jest magizoologiem. Jakiekolwiek zainteresowanie magicznymi zwierzętami uważano wówczas za wysoce podejrzane i niebezpieczne, a wniesienie do wielkiego miasta walizki pełnej takich stworzeń okazało się poważnym błędem.

Wybrałem się do Ameryki, aby uwolnić nielegalnie przetrzymywanego w niewoli gromoptaka, co było zadaniem bardzo ryzykownym, biorąc pod uwagę fakt, że w owym czasie w Stanach Zjednoczonych magiczne zwierzęta mogła spotkać tylko śmierć ze strony funkcjonariuszy MACUSA. Jestem dumny z tego, że rok po mojej wizycie prezydent Serafina Picquery wydała Ustawę o Ochronie Gromoptaków, która w konsekwencji objęła wszystkie magiczne zwierzęta. (Na prośbę prezydent Picquery w pierwszym wydaniu *Fantastycznych zwierząt* nie wymieniłem żadnego z magicznych zwierząt amerykańskich, aby nie kusić czarodziejów, którzy pragnęliby je zobaczyć. W owym czasie społeczność czarodziejów była w Ameryce bardziej prześladowana niż w Europie, a ja sam dopuściłem się wówczas w Nowym Jorku poważnego naruszenia Ustawy o Tajności, więc się zgodziłem. Przywracam należne im miejsce w tym nowym wydaniu mojej książki.)

Prostowanie wszystkich innych bzdur zawartych w książce Rity Skeeter zajęłoby całe miesiące. Dodam jedynie, że nie tylko nie byłem „ukochanym szczurkiem Serafiny Picquery, który porzucił ją, łamiąc jej serce", ale pani prezydent dała mi jasno do zrozumienia, że jeśli nie opuszczę Nowego Jorku dobrowolnie, podejmie drastyczne kroki, aby mnie usunąć z miasta.

To prawda, że pierwszy pojmałem Gellerta Grindelwalda oraz że Albus Dumbledore był dla mnie kimś więcej niż szkolnym nauczycielem.

PRZEDMOWA AUTORA

Tylko tyle mogę tu powiedzieć, nie łamiąc Ustawy o Tajności, a także, co ważniejsze, nie zawodząc zaufania, którym obdarzył mnie Dumbledore.
Książka *Fantastyczne zwierzęta i jak je znaleźć* jest owocem mojej miłości do tych stworzeń. Kiedy teraz ponownie ją przeglądam, odżywają we mnie wspomnienia, dla mnie czytelne na każdej stronie, choć niewidzialne dla czytelnika. Ale mam głęboką nadzieję, że nowe pokolenie czarownic i czarodziejów odnajdzie na jej stronach świeży bodziec, by pokochać i chronić te niewiarygodne stworzenia, podobnie jak my obdarzone magicznymi zdolnościami.

Newt Skamander

Nota wydawcy: wersję dla mugoli opatrzyć zwykłymi bzdurami w rodzaju: „czysta fantazja – to znakomita zabawa – nie ma się czego bać – mamy nadzieję, że się wam spodoba".

WSTĘP

O TEJ KSIĄŻCE

Fantastyczne zwierzęta i jak je znaleźć są owocem wieloletnich podróży i badań. Spoglądam w przeszłość, na samego siebie jako siedmioletniego czarodzieja, który godzinami szatkował chorbotki w swojej sypialni, i zazdroszczę mu podróży, które go czekają: z cienistych dżungli do nasłonecznionych pustyń, ze szczytów gór w grząskie bagna, gdzie ten upaprany chorbotkami chłopiec, kiedy dorośnie, będzie tropił zwierzęta opisane na kolejnych stronach tej książki. Zwiedzałem legowiska, nory i gniazda na pięciu kontynentach, obserwowałem ciekawe zwyczaje magicznych zwierząt w stu krajach, byłem świadkiem ich czarodziejskich mocy, niekiedy udawało mi się zaskarbić ich zaufanie, a bywało, że broniłem się przed nimi moim podróżnym czajnikiem.

Pierwsze wydanie *Fantastycznych zwierząt* zostało zamówione w 1918 roku przez pana Augusta Worme'a z Książnicy Obskurus, który był tak uprzejmy, że zapytał mnie, czy nie podjąłbym się napisania dla jego wydawnictwa rzetelnego kompendium magicznych zwierząt. Byłem wtedy tyl-

WSTĘP

ko skromnym pracownikiem Ministerstwa Magii, więc wykorzystałem szansę powiększenia mojej żałosnej pensji (dwa sykle tygodniowo!) i spędzenia wakacji na podróżowaniu po świecie w poszukiwaniu nowych magicznych gatunków. Reszta to już historia kolejnych wydań.

Ten wstęp ma odpowiedzieć na kilka najczęściej zadawanych pytań, które pojawiały się w mojej cotygodniowej korespondencji od momentu pierwszego wydania książki w 1927 roku. A oto pierwsze pytanie, być może fundamentalne: Czym jest magiczne zwierzę?

CZYM JEST MAGICZNE ZWIERZĘ?

Próby zdefiniowania zwierzęcia od wieków wywoływały gorące dyskusje. Chociaż może to zaskoczyć niektórych początkujących magizoologów, problem łatwiej będzie zrozumieć, jeśli dla przykładu przyjrzymy się trzem gatunkom magicznych stworzeń.

Wilkołaki przez większość swojego życia są ludźmi (obojętnie, czy są to czarodzieje, czy mugole). Jednak raz w miesiącu zamieniają się

w dzikie, czworonożne bestie o morderczych skłonnościach, pozbawione ludzkiego sumienia. Zwyczaje centaurów nie przypominają ludzkich. Centaury żyją w dzikich rejonach, nie noszą ubrań, wolą żyć z dala od czarodziejów i mugoli, choć są równie inteligentne.

Trolle mają humanoidalny wygląd, poruszają się w pozycji wyprostowanej, potrafią się nauczyć kilku prostych słów, a mimo to są głupsze od najbardziej tępego jednorożca i nie posiadają żadnych magicznych mocy prócz zdumiewającej, nienaturalnej siły.

Zadajmy sobie teraz pytanie: Które z tych stworzeń są istotami – czyli stworzeniami zasługującymi na prawo udziału w kierowaniu czarodziejskim światem – a które są zwierzętami?

Pierwsze próby ustalenia, które magiczne stworzenia powinny być określane mianem zwierząt, można określić jako bardzo prymitywne.

W XIV wieku Burdock Muldoon, ówczesny przewodniczący Rady Magów[1], postanowił, że każdy członek magicznego społeczeństwa, który

---

[1] Rada Magów została później przekształcona w Ministerstwo Magii.

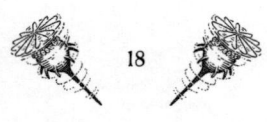

WSTĘP

chodzi na dwóch nogach, otrzyma odtąd status istoty, podczas gdy reszta pozostanie zwierzętami. W duchu przyjaźni wezwał wszystkie istoty na spotkanie na szczycie, w celu omówienia nowych praw czarodziejskiego świata, i z przerażeniem stwierdził, że się przeliczył. Sala spotkań zapełniła się goblinami, które przyprowadziły ze sobą tyle dwunogich stworzeń, ile udało im się znaleźć. Jak opisuje Bathilda Bagshot w *Dziejach magii*:

> Niewiele dało się usłyszeć w straszliwym zgiełku, w którym skrzeczenie dirikraków i lamenty lelków wróżebników mieszały się z nieustającą, przeszywającą pieśnią świergotników. Kiedy czarownice i czarodzieje próbowali omówić leżące przed nimi dokumenty, najróżniejsze chochliki i elfy zaczęły krążyć nad ich głowami, chichocząc i trajkocząc. Około tuzina trolli jęło rozbijać komnatę maczugami, podczas gdy baby-jagi krążyły po sali w poszukiwaniu dzieci do zjedzenia. Przewodniczący rady wstał, poślizgnął się na odchodach kudłonia i wybiegł z sali, miotając przekleństwa.

Jak widzimy, samo posiadanie dwóch nóg nie gwarantuje, że magiczne stworzenie zechce albo też potrafi zainteresować się sprawami rządzenia czarodziejskim światem. Rozgoryczony Burdock Muldoon zrezygnował z kolejnych prób zintegrowania niebędących czarodziejami członków społeczności magicznej w Radzie Magów.

Następczyni Muldoona, pani Elfrida Clagg, starała się stworzyć nową definicję istot, mając nadzieję, że w ten sposób uda się nawiązać bliższe stosunki z innymi magicznymi stworzeniami. Ogłosiła, że istotami są wszystkie stworzenia, które mówią ludzkim językiem. W związku z tym na kolejne zebranie zostali zaproszeni wszyscy, których Rada Magów była w stanie zrozumieć. Jednak i tym razem pojawiły się problemy. Trolle, których gobliny nauczyły kilku prostych zdań, zaczęły demolować salę obrad tak jak poprzednio. Wozaki urządziły sobie wyścigi między nogami od krzeseł, na których siedzieli członkowie Rady, raniąc przy tym tyle łydek, ile się dało. Przybyła liczna delegacja duchów (które poprzednio zostały wykluczone z obrad przez Muldoona, ponieważ nie poruszały się na dwóch nogach, lecz unosiły w powietrzu), ale wkrótce opuściła salę obrad,

WSTĘP

urażona tym, co duchy określiły później jako „bezwstydne skupienie się Rady na potrzebach istot żywych i zlekceważenie potrzeb istot martwych". Centaury, które za czasów Muldoona zostały zaklasyfikowane do zwierząt, a przez panią Clagg do istot, odmówiły uczestnictwa w Radzie, protestując przeciwko wyłączeniu trytonów, które poza wodą porozumiewają się wyłącznie po trytońsku. Dopiero w 1811 roku ustalono podział, który zadowolił większość magicznej społeczności. Grogan Kikut, nowo mianowany minister magii, zdecydował, że istotą jest „każde stworzenie obdarzone inteligencją wystarczającą do zrozumienia praw magicznej społeczności i do współodpowiedzialności przy ustalaniu tych praw"[2]. Przedstawiciele trolli zostali przepytani pod nieobecność goblinów i stwierdzono, że w ogóle nie rozumieją, co się do nich mówi; w związku z tym zostali zakwalifikowani do zwierząt,

---

[2] W stosunku do duchów został zastosowany wyjątek, ponieważ stwierdziły, że określanie ich mianem istot rani ich uczucia, jako że jest oczywiste, iż są „post-istotami". Dlatego też Kikut stworzył w Urzędzie Kontroli nad Magicznymi Stworzeniami trzy wydziały, które istnieją do dziś: Wydział Zwierząt, Wydział Istot i Wydział Duchów.

mimo iż poruszają się na dwóch nogach. Po raz pierwszy zaproponowano trytonom (za pośrednictwem tłumaczy) status istot. Elfy, chochliki i gnomy, mimo ich humanoidalnej postury, bez skrupułów zostały uznane za zwierzęta. Oczywiście nie rozwiązało to wszystkich problemów i nie wyjaśniło wszystkich wątpliwości. Każdy z nas słyszał o ekstremistach, którzy agitują, aby mugoli zaliczyć do zwierząt. Mamy świadomość, że centaury odmówiły statusu istot i zażyczyły sobie, aby pozostawiono im status zwierząt[3]. Wilkołaki przez wiele lat przerzucano między wydziałami zwierząt i istot. Obecnie, kiedy piszę tę książkę, Służby Pomocy Wilkołakom funkcjonują w Wydziale Istot, podczas gdy Rejestr Wilkołaków i Brygada Ścigania Wilkołaków podlegają

---

[3] Centaurom nie odpowiadał fakt, że niektóre stworzenia, takie jak wiedźmy i wampiry, miały dzielić z nimi status „istot", w związku z czym stwierdziły, że dadzą sobie radę bez czarodziejów. Rok później taki sam postulat przedłożyły trytony. Ministerstwo Magii z niechęcią zgodziło się na ich prośby. Chociaż Biuro Łączności z Centaurami istnieje w Wydziale Zwierząt Urzędu Kontroli nad Magicznymi Stworzeniami, żaden centaur nigdy z niego nie skorzystał. Toteż stwierdzenie, że ktoś został „odesłany do Biura Centaurów", stało się w Urzędzie swego rodzaju żartem i oznacza, że osoba, o której mowa, będzie w najbliższym czasie zwolniona.

WSTĘP

Wydziałowi Zwierząt. Kilka rodzajów bardzo inteligentnych istot sklasyfikowano jako zwierzęta, ponieważ nie są one w stanie zapanować nad swoją brutalną naturą. Akromantule i mantykory są zdolne do sensownej rozmowy, ale pożrą każdego człowieka, który spróbuje się do nich zbliżyć. Sfinksy mówią wyłącznie zagadkami i rebusami, bywają też brutalne, jeśli otrzymają złą odpowiedź.

Za każdym razem, kiedy na stronach tej książki pojawiają się wątpliwości co do klasyfikacji jakiegoś gatunku, zaznaczyłem to w danym haśle.

Zastanówmy się teraz nad pytaniem, które pada najczęściej w dyskusjach między czarownicami i czarodziejami, kiedy rozmowa schodzi na tematy magizoologii: dlaczego tych stworzeń nie zauważają mugole?

MUGOLE A FANTASTYCZNE ZWIERZĘTA. KRÓTKA HISTORIA MUGOLSKIEJ ŚWIADOMOŚCI

Chociaż może to się wydać niektórym czarodziejom zadziwiające, mugole nie zawsze byli nieświadomi istnienia magicznych i po-

twornych stworzeń, które od tak dawna i z niemałym trudem staramy się przed nimi ukryć. Rzut oka na mugolską średniowieczną literaturę i sztukę ujawnia, że wiele stworzeń, które mugole obecnie uważają za wytwory swojej wyobraźni, było przez nich kiedyś uznawane za istniejące w rzeczywistości. Smoki, gryfy, jednorożce, feniksy i centaury — te i inne stworzenia pojawiają się w dziełach mugoli z tamtego okresu, co prawda opisywane z wręcz komiczną nieścisłością.

Głębsza analiza mugolskich bestiariuszy tamtego okresu dowodzi, że większość gatunków magicznych zwierząt albo w ogóle umknęła uwagi mugoli, albo została pomylona z czymś innym. Przeanalizujmy pewien ocalały fragment manuskryptu brata Benedykta, franciszkanina z Worcestershire:

> Dzisiaj, gdym pracował w herbarium, odchyliłem krzaczek bazylii i znalazłem za nim fretkę olbrzymich rozmiarów. Nie schowała się ona ani nie uciekła, jak na fretkę przystało, lecz skoczyła na mnie, a obaliwszy na ziemię, krzyknęła z niezwykłą wściekłością: „Wynoś się stąd, łysolu!" Po czym ugryzła mnie w nos tak złośliwie, że

WSTĘP

krwawił przez kilka godzin. Opat nie zechciał uwierzyć, żem spotkał gadającą fretkę, i dopytywał się, czym nie raczył się winem z rzepy, warzonym przez brata Bonifacego. Ponieważ nos mój nadal był obrzmiały i wciąż krwawił, zostałem zwolniony z nieszporów.

Jest oczywiste, że nasz mugolski przyjaciel nie odkrył fretki, jak przypuszczał, lecz wozaka, polującego zapewne na swą ulubioną zdobycz — gnomy.

Niepełne zrozumienie jest często groźniejsze niż całkowita niewiedza, a obawa mugoli przed magią z pewnością była spotęgowana strachem przed tym, co mogło się czaić między ziołami w ich ogrodach. W owych czasach prześladowania czarodziejów przez mugoli osiągnęły niespotykaną dotychczas skalę, a spotkania z takimi zwierzętami jak smoki czy hipogryfy doprowadzały mugoli do zbiorowej histerii.

Celem tej pracy nie jest rozpamiętywanie smutnych czasów poprzedzających ukrycie się czarodziejów[4]. Jedyne, co nas tutaj interesuje,

---

[4] Każdy zainteresowany pełnym raportem tego wyjątkowo krwawego okresu historii czarodziejów powinien zajrzeć do *Dziejów magii* Bathildy Bagshot (Czerwone Książeczki, 1947).

to los tych legendarnych zwierząt, które, tak jak i my, musiały zostać ukryte, aby mugole mogli utwierdzić się w przekonaniu, że coś takiego jak magia nie istnieje.

Międzynarodowa Konfederacja Czarodziejów przedyskutowała tę sprawę na słynnym szczycie w 1692 roku. Aż siedem tygodni trwały burzliwe dyskusje między czarodziejami wszystkich narodowości nad trudnym zagadnieniem magicznych stworzeń. Ile gatunków będziemy w stanie ukryć przed mugolami i które na to zasługują? Gdzie i jak mamy je ukryć? Debata stawała się coraz bardziej zażarta. Część stworzeń była nieświadoma tego, że ważą się ich losy, inne przyłączyły się do dyskusji[5].

W końcu uczestnicy obrad osiągnęli porozumienie[6]. Ustalono, że dwadzieścia siedem gatunków, których wielkość oscyluje między smokami a korniczakami, zostanie ukrytych przed mugolami za pomocą czaru iluzji, który sprawi, że zwierzęta te będą im się wydawać wyłącznie

---

[5] Delegacje centaurów, trytonów i goblinów zostały przekonane do wzięcia udziału w szczycie.
[6] Z wyjątkiem goblinów.

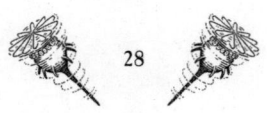

WSTĘP

wytworem wyobraźni. Przez następne stulecie liczba ta wzrastała, w miarę jak czarodzieje stawali się coraz biegłejsi w metodach utajania. W 1750 roku do Międzynarodowego Kodeksu Tajności Czarodziejów została włączona Klauzula 73, do której dostosowują się dzisiaj ministerstwa magii na całym świecie:

Wszystkie czarodziejskie rady ustawodawcze są odpowiedzialne za ukrywanie magicznych zwierząt, istot oraz duchów w granicach swego terytorium, a także za sprawowanie nad nimi opieki i kontroli. Jeśli którekolwiek z tych stworzeń wyrządzi krzywdę komukolwiek ze społeczności mugoli albo zwróci na siebie ich uwagę, czarodziejskie ciało ustawodawcze danego państwa zostanie pociągnięte do odpowiedzialności przez Międzynarodową Konfederację Czarodziejów.

MAGICZNE ZWIERZĘTA W UKRYCIU

Kłamstwem byłoby stwierdzenie, że od czasu wprowadzenia w życie Klauzuli 73 nigdy jej nie naruszono. Starsi czytelnicy z Wielkiej Brytanii na pewno pamiętają incydent z Ilfracombe z 1932 roku, kiedy to samotny zielony smok walijski zapikował na plażę pełną opalających się mugoli. Nieszczęścia udało się uniknąć dzięki odważnym działaniom rodziny czarodziejów, spędzającej tam akurat wakacje (później odznaczonej Orderami Merlina Pierwszej Klasy), która rzuciła na mieszkańców Ilfracombe największą w tym stuleciu powódź zaklęć zapomnienia, o mały włos nie doprowadzając do katastrofy[7].

Międzynarodowa Konfederacja Czarodziejów zmuszona była wielokrotnie karać grzywnami niektóre narody za łamanie Klauzuli 73. Najczęściej karane są Tybet i Szkocja. Mugole tak czę-

---

[7] Blenheim Stalk w swojej książce z 1972 roku pt. *Mugole, którzy zauważyli* udowadnia, że niektórzy mieszkańcy Ilfracombe uniknęli masowego zmodyfikowania pamięci. „Po dziś dzień mugol o przezwisku Sprytny Majcher rozprawia w barach na południowym wybrzeżu o «wstrętnej wielkiej latającej jaszczurce», która przedziurawiła mu dmuchany materac".

sto widywali yeti, że Międzynarodowa Konfederacja Czarodziejów uznała za konieczne umieszczenie w Tybecie na stałe Międzynarodowych Sił Ochrony. W Loch Ness zaś największa kelpia na świecie wciąż pozostaje na wolności i wygląda na to, że bardzo lubi przyciągać uwagę ludzi.

Jeśli nie liczyć tych niepowodzeń, możemy śmiało stwierdzić, że udało nam się odwalić kawał dobrej roboty. Nie ma wątpliwości, że przytłaczająca większość żyjących dziś mugoli nie wierzy w fantastyczne zwierzęta, których tak się lękali ich przodkowie. Nawet ci mugole, którzy zauważają odchody kudłonia albo ślady toksyczka – byłoby głupotą twierdzić, że da się ukryć wszelkie ślady tych stworzeń – zadowalają się choćby najbardziej naciąganym niemagicznym wyjaśnieniem[8]. Jeśli jakiś mugol jest na tyle nierozsądny, aby zwierzyć się innemu, że widział hipogryfa odlatującego na północ, zostaje zazwyczaj uznany za pijanego albo stukniętego. Chociaż może nam się to wydać niesprawiedli-

---

[8] Aby dowiedzieć się więcej o tej, jakże szczęśliwej dla nas, tendencji mugoli, polecam lekturę książki profesora Mordicusa Egga *Myślenie potoczne: dlaczego mugole wolą nie wiedzieć* (Wydawnictwo Kurz i Pleśń, 1963).

we, mimo wszystko lepiej mieć opinię pijaka lub głupka, niż zostać spalonym na stosie albo utopionym w pobliskim stawie.

Jak więc wspólnota czarodziejów ukrywa fantastyczne zwierzęta?

Na szczęście niektóre gatunki dają sobie świetnie radę same. Stworzenia takie jak tebo, demimozy i nieśmiałki mają bardzo dobre sposoby kamuflażu, tak więc Ministerstwo Magii nie musi się nimi zajmować. Są też zwierzęta, które z powodu swojej mądrości bądź nieśmiałości za wszelką cenę unikają kontaktów z mugolami: na przykład jednorożce, lunaballe i centaury. Inne stworzenia zamieszkują tereny niedostępne dla mugoli – mam na myśli akromantulę, która mieszka głęboko w niezbadanych lasach Borneo, czy feniksa, gnieżdżącego się na szczytach gór niedostępnych bez użycia magii. Poza tym istnieją magiczne zwierzęta (jest ich zresztą najwięcej) zbyt małe, szybkie lub biegłe w podszywaniu się pod zwykłe zwierzęta, aby zwrócić uwagę mugoli – do tej kategorii należą chorbotki, żądlibąki i psidwaki.

Pozostaje jednak wiele magicznych zwierząt, które czy to z rozmysłem, czy też mimowolnie

WSTĘP

dają się zobaczyć nawet mugolom, i to właśnie one zapewniają sporo pracy Urzędowi Kontroli nad Magicznymi Stworzeniami. Ten departament, drugi co do wielkości w Ministerstwie Magii[9], zajmuje się na wielorakie sposoby licznymi potrzebami różnych gatunków zwierząt.

BEZPIECZNE SIEDLISKA

Przypuszczalnie najlepszym sposobem ukrywania magicznych stworzeń jest tworzenie im bezpiecznych siedlisk. Zaklęcia antymugolskie powstrzymują nieproszonych gości przed wkraczaniem do lasów zamieszkanych przez centaury i jednorożce, a także przed zbliżaniem się do jezior i rzek, w których żyją trytony.

W szczególnych przypadkach, na przykład kwintopedów, spore tereny są po prostu nienanoszalne[10].

---

[9] Największym departamentem w Ministerstwie Magii jest Departament Przestrzegania Prawa, któremu w pewnym stopniu podlega pozostałych sześć departamentów – może z wyjątkiem Departamentu Tajemnic.

[10] Jeśli jakiś teren jest nienanoszalny, nie można go oznaczyć na mapach.

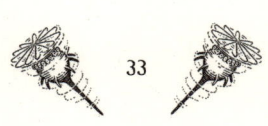

Niektóre z tych terenów muszą być pod stałą obserwacją czarodziejów. Przykładem mogą być rezerwaty smoków. Podczas gdy jednorożce i trytony bardzo chętnie pozostają na wyznaczonych im terenach, smoki wykorzystują każdą nadarzającą się okazję, aby wyruszyć na poszukiwanie zdobyczy poza granice rezerwatów. W niektórych przypadkach czary antymugolskie nie działają, ponieważ moc pewnych zwierząt je neutralizuje. Należą do nich kelpie, których jedynym celem jest zwrócenie na siebie uwagi ludzi, a także pogrebiny, które same sobie ludzi wyszukują.

Regulacje dotyczące sprzedaży i rozmnażania

Niebezpieczeństwo, że jakiś mugol natknie się na duże albo groźne magiczne zwierzę, zostało w dużym stopniu zażegnane wraz z wprowadzeniem surowych kar za ich hodowlę oraz sprzedaż jaj i młodych. Urząd Kontroli nad Magicznymi Stworzeniami zwraca baczną uwagę na handel fantastycznymi zwierzętami. W 1965 roku wprowadzono Zakaz Eksperymentalnej Hodowli, w związku z czym tworzenie nowych gatunków stało się nielegalne.

Zaklęcia zwodzące

Zwykli czarodzieje również biorą udział w ukrywaniu magicznych zwierząt. Na przykład ci, którzy są posiadaczami hipogryfów, mają prawny obowiązek rzucić na swoje zwierzę zaklęcie zwodzące, aby zniekształcić obraz hipogryfa, gdyby zobaczył go mugol. Zaklęcia zwodzące należy codziennie odnawiać, ponieważ ich efekty nie utrzymują się długo.

Zaklęcia modyfikujące pamięć

Jeśli dojdzie do najgorszego i mugol zobaczy to, czego nie powinien widzieć, zapewne najlepszym sposobem na naprawienie tej sytuacji będą zaklęcia modyfikujące pamięć. W większości wypadków zaklęcie może zostać rzucone przez właściciela zwierzęcia, ale w wyjątkowo trudnych przypadkach Ministerstwo Magii wysyła drużynę wyszkolonych amnezjatorów.

Biuro Dezinformacji

Biuro Dezinformacji wkracza do akcji tylko w wyjątkowych wypadkach konfliktów magiczno-mugolskich. Niektóre magiczne katastrofy i wypadki zbyt rzucają się w oczy, aby wytłumaczyć je mugolom bez pomocy autorytetu z zewnątrz. W takiej sytuacji Biuro Dezinformacji kontaktuje się bezpośrednio z mugolskim premierem, aby przekazać mu jakieś wiarygodne niemagiczne wytłumaczenie danego zdarzenia. Liczne wysiłki Biura, mające na celu przekonanie mugoli, że wszystkie zdjęcia, które miały być dowodem na istnienie kelpii w jeziorze Loch Ness, są sfałszowane, doprowadziły do naprawienia sytuacji, która wyglądała już bardzo niepokojąco.

DLACZEGO MAGIZOOLOGIA JEST TAK WAŻNA?

Opisane powyżej zabiegi są jedynie drobnym fragmentem pracy, jaką wykonuje Urząd Kontroli nad Magicznymi Stworzeniami. Pozo-

WSTĘP

staje tylko odpowiedzieć na pytanie, na które wszyscy, w głębi serca, znamy odpowiedź: Dlaczego wciąż, jako społeczność i indywidualnie, staramy się chronić i ukrywać magiczne zwierzęta, nawet te, które są niebezpieczne i nie dają się oswoić? Oczywiście po to, aby przyszłe pokolenia czarownic i czarodziejów mogły czerpać radość z ich przedziwnego piękna i mocy, podobnie jak mieliśmy to szczęście my.

Ta praca jest jedynie skromnym wstępem do przebogatego skarbca fantastycznych stworzeń zamieszkujących nasz świat. Na stronach tej książki zostało opisanych osiemdziesiąt jeden gatunków, ale nie wątpię, że jeszcze w tym roku zostanie odkryty jakiś nowy, dotychczas nieznany, co pociągnie za sobą konieczność opublikowania kolejnego poprawionego wydania *Fantastycznych zwierząt*. Tymczasem dodam tylko, że bardzo mnie raduje świadomość, iż dzięki tej książce kolejne pokolenia młodych czarownic i czarodziejów wzbogacały swą wiedzę i nabierały większego zrozumienia dla tych wszystkich fantastycznych zwierząt, które tak kocham.

KLASYFIKACJA MINISTERSTWA MAGII

Urząd Kontroli nad Magicznymi Stworzeniami ustalił specjalną klasyfikację wszystkich znanych zwierząt, istot i duchów[11]. Korzystając z niej, można na pierwszy rzut oka ocenić niebezpieczeństwo grożące przy spotkaniu z danym zwierzęciem. Oto pięć kategorii:

Klasyfikacja Ministerstwa Magii (MM)	
XXXXX	Znany morderca czarodziejów / nie nadaje się do udomowienia ani tresury
XXXX	Groźne / wymaga specjalistycznej wiedzy / czarodziej specjalista może sobie poradzić
XXX	Odpowiedzialny czarodziej powinien dać sobie radę
XX	Niegroźne / może być udomowione
X	Nudne

W niektórych przypadkach czułem się w obowiązku wyjaśnić, dlaczego dany gatunek został zaliczony do takiej a nie innej kategorii, i w razie potrzeby dodawałem przypis.

---

[11] W nawiasach podano nazwy angielskie (przyp. tłum.).

FANTASTYCZNE ZWIERZĘTA OD A DO Z

AKROMANTULA

[*Acromantula*]
KLASYFIKACJA MM: XXXXX

A kromantula jest gigantycznym ośmiookim pająkiem, który może się posługiwać ludzką mową. Pochodzi z Borneo, gdzie zamieszkuje gęstą dżunglę. Cechami szczególnymi akromantuli są grube czarne włosy pokrywające całe ciało; rozstaw nóg, który może osiągać nawet piętnaście stóp; szczypce, które wydają charakterystyczny klekot, kiedy akromantula jest podekscytowana lub zła, i trująca wydzielina. Akromantula jest mięsożerna i woli duże ofiary. Tka na ziemi kopulaste pajęczyny. Samica jest większa od samca, za jednym razem może złożyć do stu jaj. Jaja są miękkie i białe, wielkości piłki plażowej. Młode wykluwają się po sześciu, ośmiu tygodniach. Jaja akromantuli zostały zaliczone przez Urząd Kontroli nad Magicznymi Stworzeniami do towarów niewymienialnych klasy A, co oznacza bardzo wysokie kary za ich import albo sprzedaż.

Przypuszcza się, że zwierzę to zostało wyhodowane przez czarodziejów. Możliwe, że pierwotnie

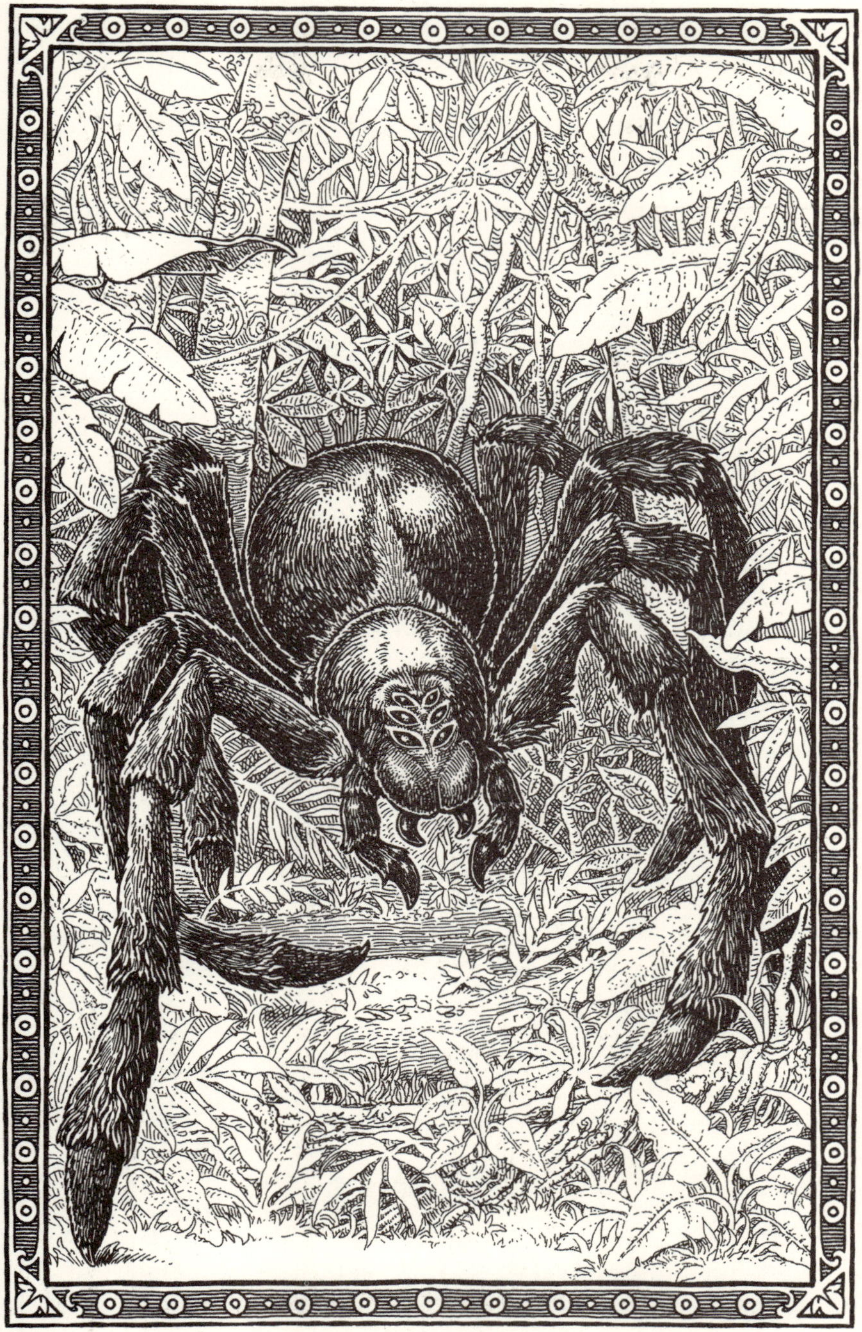

miało być przeznaczone do pilnowania domostw albo skarbów, jak zwykle bywa w wypadku potworów stworzonych za pomocą magii[12]. Mimo inteligencji zbliżonej do ludzkiej, akromantuli nie da się jednak tresować. Jest bardzo niebezpieczna zarówno dla czarodziejów, jak i dla mugoli.

Plotki na temat tego, że akromantule założyły w Szkocji kolonię, nie zostały potwierdzone.

---

[12] Rzadko się zdarza, aby zwierzę zdolne do używania ludzkiej mowy samo się jej nauczyło; wyjątkiem jest szewczyk. Zakaz Eksperymentalnej Hodowli został wprowadzony dopiero w XX wieku, długo po pierwszej zarejestrowanej obserwacji akromantuli w 1794 roku.

BAHANKA
(znana czasami jako kąsający elf)
[*Doxy – Biting Fairy*]
KLASYFIKACJA MM: XXX

Bahanki są często mylone z elfami (patrz niżej), chociaż są to dwa różne gatunki. Podobnie jak elf, bahanka wygląda jak malutki człowieczek, ale całe jej ciałko jest pokryte grubym czarnym włosem, ma też dwie pary rąk i nóg. Skrzydła bahanki są grube, zaokrąglone i błyszczące, zbliżone wyglądem do skrzydeł żuka. Bahanki spotyka się w całej północnej Europie i Ameryce, ponieważ wolą chłodny klimat. Składają do pięciuset jaj naraz i zakopują je. Młode wykluwają się po dwóch, trzech tygodniach.

Bahanki mają dwa rzędy ostrych, jadowitych zębów. W razie ugryzienia należy zażyć antidotum.

BAZYLISZEK

(nazywany też królem węży)
[*Basilisk*]
KLASYFIKACJA MM: XXXXX

Pierwszy zarejestrowany bazyliszek został wyhodowany przez Herpona Podłego, greckiego czarnoksiężnika i wężoustego, który po wielu eksperymentach odkrył, że z kurzego jaja wysiedzianego przez ropuchę wykluwa się olbrzymi wąż, posiadający niezwykle niebezpieczne moce.

Bazyliszek jest malachitowozielonym wężem, którego długość może osiągnąć nawet pięćdziesiąt stóp. Samiec z charakterystycznym szkarłatnym grzebieniem na głowie ma wyjątkowo jadowite kły, ale jego najgroźniejszą bronią jest samo spojrzenie wielkich żółtych oczu. Każdy, kto w nie spojrzy, natychmiast pada trupem.

Jeśli zasoby pożywienia są wystarczające (bazyliszek żywi się wszelkimi ssakami i ptakami, a także większością gadów), bazyliszek może dożyć bardzo podeszłego wieku. Twierdzi się, że bazyliszek Herpona Podłego dożył prawie dziewięciuset lat.

Hodowla bazyliszków jest zakazana od czasów średniowiecza, ale takie praktyki łatwo ukryć, ponieważ kiedy do akcji wkracza Urząd Kontroli nad Magicznymi Stworzeniami, wystarczy wyjąć jajo spod wysiadującej je ropuchy. Tak czy inaczej, bazyliszków nie może kontrolować nikt poza wężoustymi, a są one równie niebezpieczne dla większości czarnoksiężników jak dla innych czarodziejów. Na terenie Wielkiej Brytanii przez ostatnie czterysta lat nie widziano ani jednego bazyliszka.

BŁOTORYJ
[*Dugbog*]
KLASYFIKACJA MM: XXX
Błotoryj zamieszkuje moczary Europy i obu Ameryk. Kiedy się nie rusza, przypomina kłodę drewna, ale po uważnym przyjrzeniu się można zauważyć płetwiaste łapy i bardzo ostre zęby. Błotoryj pływa i pełza po moczarach. Żywi się głównie małymi ssakami, ale może również poważnie poranić nogi pieszych przechodzących przez bagno, w którym zamieszkuje. Jego ulubionym smakołykiem jest jednak mandragora. Zdarza się, że hodowcy mandragory wyrywają nać tej cennej rośliny i znajdują na końcu krwawe strzępy tego, co pozostało z posiłku błotoryja.

BUCHOROŻEC
[*Erumpent*]
KLASYFIKACJA MM: XXXX
Buchorożec jest dużym, szarym zwierzęciem afrykańskim, obdarzonym olbrzymią siłą. Osiąga ciężar jednej tony i z daleka można go pomylić z nosorożcem. Ma grubą skórę, która odbija większość czarów i uroków, duży ostry róg na

nosie i długi ogon, z wyglądu przypominający linę. Rodzi na raz tylko jedno młode.

Buchorożec nie atakuje, jeśli nie jest nachalnie prowokowany, ale gdy zacznie szarżować, rezultaty bywają straszne. Róg buchorożca może przeciąć wszystko, od skóry po metal, i zawiera śmiertelnie niebezpieczny płyn, który wstrzyknięty w cokolwiek powoduje, że to coś wybucha. Populacja buchorożców nie jest duża, ponieważ podczas sezonu godowego walczące samce doprowadzają się wzajemnie do eksplozji. Buchorożce są traktowane przez afrykańskich czarodziejów z niezwykłą ostrożnością. Ich rogi, ogony i wybuchowy jad są wykorzystywane do sporządzania eliksirów, chociaż zakwalifikowano je do materiałów handlowych klasy B (niebezpieczne i podlegające ścisłej kontroli).

BYSTRODUCH
[*Snallygaster*]
Klasyfikacja MM: XXXX
Pochodzący z Ameryki Północnej bystroduch to skrzyżowanie ptaka z gadem. Kiedyś wierzono, że to rodzaj smoka, obecnie przeważa opinia, że to daleki krewny żmijoptaka. Nie zionie ogniem

jak smok, za to ma paszczę pełną stalowych zębów, którymi rozrywa swoje ofiary. Często narusza Międzynarodowy Kodeks Tajności. Jego wrodzona ciekawość w połączeniu z kuloodporną skórą sprawiają, że trudno go odstraszyć, więc co jakiś czas trafia na pierwsze strony mugolskich gazet, z powodzeniem rywalizując z potworem z Loch Ness. Od 1949 roku w stanie Maryland działa Liga Ochrony Bystroduchów, zajmująca się czyszczeniem pamięci mugoli, którzy go zobaczą.

CENTAUR
[*Centaur*]
KLASYFIKACJA MM: XXXX[13]

Centaur ma głowę, tors i ręce człowieka, połączone z tułowiem i nogami konia. Może występować we wszystkich spotykanych u koni maściach. Jako stworzenie inteligentne i zdolne do ludzkiej mowy, nie powinno być zaliczane do zwierząt. Stało się tak na własne życzenie centaurów, które Ministerstwo Magii musiało uszanować (patrz *Wstęp* do tej książki).

Centaury zamieszkują lasy. Przypuszcza się, że pochodzą z Grecji, chociaż obecnie kolonie centaurów można spotkać w wielu miejscach w Europie. We wszystkich krajach, w których występują centaury, czarodziejscy specjaliści wydzielili tereny, na których nie są one niepokojone przez mugoli; co prawda centaurom opieka czarodziejów nie jest zbyt potrzebna, ponieważ mają własne sposoby ukrywania się przed ludźmi.

---

[13] Centaurowi przydzielono klasyfikację XXXX nie dlatego, że jest bardzo niebezpieczny, ale dlatego, że powinno się go traktować z wyjątkowym szacunkiem. To samo dotyczy trytonów i jednorożców.

Życie centaurów jest dla nas tajemnicą. Ogólnie rzecz biorąc, są równie nieufne w stosunku do czarodziejów, jak i do mugoli, i wygląda na to, że nie widzą między nimi specjalnej różnicy. Żyją w stadach, których wielkość waha się od dziesięciu do pięćdziesięciu osobników. Uważa się, że są biegłe w magicznym leczeniu, wróżeniu, łucznictwie i astronomii.

CHIMERA
[*Chimaera*]
KLASYFIKACJA MM: XXXXX

Chimera jest rzadko spotykanym greckim potworem o głowie lwa, tułowiu kozy i ogonie smoka. Złośliwa i krwiożercza, chimera jest niezwykle niebezpieczna. Znany jest tylko jeden przypadek pokonania chimery, a pechowy czarodziej, któremu to się udało, wyczerpany walką spadł ze skrzydlatego konia (patrz niżej) i zginął na miejscu. Jaja chimery zostały zaliczone do towarów niewymienialnych klasy A.

CHOCHLIK
[*Pixie*]
Klasyfikacja MM: XXX
Chochliki można najczęściej spotkać w Kornwalii. Mają elektrycznie niebieską barwę, do ośmiu cali wzrostu i są bardzo złośliwe. Lubują się w płataniu wszelkiego rodzaju figli i psikusów. Chociaż nie mają skrzydeł, mogą latać, i zdarzało się, że chwytały za uszy niczego nie spodziewających się ludzi, po czym zanosiły ich na szczyty drzew lub budynków. Chochliki wydają wysokie, zrozumiałe tylko dla nich samych dźwięki. Są żyworodne.

CHORBOTEK
[*Horklump*]
KLASYFIKACJA MM: X

Chorbotek wywodzi się ze Skandynawii, ale w tej chwili występuje już w całej północnej Europie. Przypomina mięsisty, różowy grzyb porośnięty rzadką, sztywną szczeciną. Rozmnaża się bardzo szybko i w ciągu kilku dni może pokryć średnich rozmiarów ogród. Chorbotek wciska w ziemię muskularne macki w poszukiwaniu swoich ulubionych dżdżownic. Jest najlepszym przysmakiem gnomów, poza tym nie zarejestrowano żadnego zastosowania.

CHROPIANEK
[*Chizpurfle*]
KLASYFIKACJA MM: XX

Chropianki są małymi pasożytami, których długość dochodzi do jednej dwudziestej cala. Z wyglądu przypominają kraby z dużymi kłami. Przywabia je magia, mogą zagnieździć się w futrze i piórach takich stworzeń, jak psidwaki czy lelki wróżebniki. Wdzierają się też do domostw czarodziejów, atakując takie magiczne przedmioty jak różdżki, z których sukcesywnie wygryzają magiczny rdzeń, albo brudne kociołki, z których zlizują zaschnięte resztki eliksirów[14]. Chociaż chropianków łatwo się pozbyć za pomocą jednego z licznych środków dostępnych na rynku, poważne inwazje mogą wymagać wizyty funkcjonariuszy Sekcji Szkodników Urzędu Kontroli nad Magicznymi Stworzeniami, gdyż napęczniałe od magicznych substancji chropianki są bardzo trudne do zwalczenia.

CIAMARNICA
[*Lobalug*]
KLASYFIKACJA MM: XXX
Ciamarnica żyje na dnie Morza Północnego. Stworzonko o nieskomplikowanej budowie, długości dziesięciu cali, składa się z gumowatego otworu gębowego i woreczka z jadem. Atakowana ciamarnica kurczy swój woreczek jadowy i opryskuje atakującego trucizną. Trytony wyko-

---

[14] W przypadku braku magii, chropianki atakują znajdujące się w ich pobliżu urządzenia elektryczne (aby lepiej poznać zjawisko elektryczności, zob. *Życie prywatne i zwyczaje społeczne mugoli brytyjskich* Wilhelma Wigworthy'ego, Czerwone Książeczki, 1987). Inwazje chropianków tłumaczą zastanawiające awarie wielu stosunkowo nowych elektrycznych mugolskich przedmiotów.

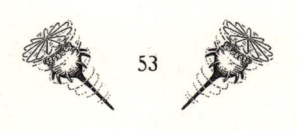

rzystują ciamarnicę jako broń, a czarodzieje pozyskują jej truciznę, gdyż używa się jej do warzenia eliksirów. Praktyka ta jednak podlega ścisłej kontroli.

CZERWONY KAPTUREK
[*Red Cap*]
KLASYFIKACJA MM: XXX
Te karłowate stworzenia żyją w jamach na dawnych polach bitewnych i we wszystkich innych miejscach, gdzie została rozlana ludzka krew. Chociaż łatwo je odpędzić prostymi zaklęciami i urokami, są bardzo niebezpieczne dla samotnych mugoli, których w ciemne noce próbują zatłuc pałkami na śmierć. Czerwone kapturki spotyka się najczęściej w północnej Europie.

DEMIMOZ
[*Demiguise*]
KLASYFIKACJA MM: XXXX

Demimoz spotykany jest na Dalekim Wschodzie, i to niezwykle rzadko, ponieważ zwierzę to w obliczu zagrożenia staje się niewidzialne i tylko wyszkoleni łowcy są w stanie je wytropić.

Demimoz jest pokojowo nastawionym, roślinożernym zwierzęciem, przypominającym pełną wdzięku bezogoniastą małpę, o wielkich, czarnych i smutnych oczach, zazwyczaj skrytych pod szopą włosów. Całe ciało demimoza pokryte jest długimi, delikatnymi, jedwabistymi, srebrzystymi włosami. Skóry demimozów są bardzo cenne, ponieważ z ich włosów przędzie się peleryny niewidki.

DIRIKRAK
[*Diricawl*]
KLASYFIKACJA MM: XX

Dirikrak pochodzi z Mauritiusa. Jest pulchnym nielotem o puszystych piórach, znanym ze szczególnego sposobu uciekania przed niebezpieczeństwem. Znika wśród kłębiących się piór i pojawia się w innym miejscu (tę samą zdolność ma feniks, patrz niżej). Co ciekawe, mugole w przeszłości wiedzieli, że dirikrak istnieje, ale znali go pod nazwą dodo. Ponieważ nie mają pojęcia, że dirikrak może znikać, uważają, że wytępili go przez nadmierne polowania. Wydaje się, że między innymi ten fakt uświadomił mugolom niebezpieczeństwo bezmyślnego zabijania różnych zwierząt, w związku z czym Międzynarodowa Konfederacja Czarodziejów nie uznała za stosowne poinformować ich, że dirikrak wcale nie wyginął.

DRUZGOTEK
[*Grindylow*]
KLASYFIKACJA MM: XX
Ten rogaty, bladozielony demon wodny jest spotykany w jeziorach całej Wielkiej Brytanii i Irlandii. Żywi się małymi rybami. Jest agresywny zarówno w stosunku do czarodziejów, jak i mugoli, bywa natomiast udomawiany przez trytony. Druzgotek ma bardzo długie palce, które, chociaż mają silny chwyt, łatwo złamać.

ELF
[Fairy]
KLASYFIKACJA **MM: XX**

Elf jest małym, ozdobnym zwierzątkiem o słabo rozwiniętej inteligencji[15]. Używane lub wyczarowywane przez czarodziejów do celów dekoracyjnych, elfy zamieszkują lasy i polany. Z wyglądu przypominają maleńkiego człowieczka, ich wzrost waha się od jednego do pięciu cali. Mają duże, podobne do owadzich skrzydła, przezroczyste lub mieniące się kolorami tęczy.

Elfy dysponują słabym rodzajem magii, dzięki której mogą odstraszać takie drapieżniki jak lelek wróżebnik. Są z natury bardzo kłótliwe, ale ich wyjątkowa próżność sprawia, że zawsze można je namówić do występowania w charak-

---

[15] Mugole mają niezwykłą słabość do elfów, które występują w wielu opowiastkach dla ich dzieci. W tych bajkach pojawiają się skrzydlate istotki o zróżnicowanych osobowościach i umiejętności mówienia po ludzku (co prawda często w mdły, sentymentalny sposób). Elfy, jak wyobrażają sobie mugole, zamieszkują maleńkie domostwa zrobione z płatków kwiatów, wydrążone muchomory i tym podobne. Często są przedstawiane z różdżkami w rękach. Można powiedzieć, że mugole ze wszystkich magicznych zwierząt najbardziej upodobali sobie elfy.

terze ornamentu. Chociaż mają humanoidalne kształty, nie potrafią mówić. Komunikują się między sobą za pomocą wysokich, brzęczących dźwięków.

Elfy składają do pięćdziesięciu jaj po spodniej stronie liści. Z jaj wykluwają się jaskrawo ubarwione larwy. Po sześciu, dziesięciu dniach przędą sobie kokon, z którego po miesiącu wyłania się w pełni uformowany, uskrzydlony osobnik.

ERKLING
[*Erkling*]
KLASYFIKACJA MM: XXXX

Erkling jest stworzeniem podobnym do elfa, wywodzącym się ze Schwarzwaldu w Niemczech. Jest większy od gnoma (przeciętnie trzy stopy wzrostu) i ma spiczastą twarz. Chichocze piskliwie, co bardzo podoba się dzieciom, które stara się odciągnąć od opiekunów i pożreć. Niemieckie Ministerstwo Magii wprowadziło ścisły nadzór nad erklingami, dzięki czemu w ciągu ostatnich kilku wieków liczba zabójstw dzieci znacznie zmalała, a ostatni znany przypadek ataku erklinga na sześcioletniego czarodzieja Brunona Schmidta zakończył się śmiercią stworzonka, które zostało przez chłopaka silnie uderzone w głowę składanym kociołkiem jego ojca.

FENIKS
[*Phoenix*]

Klasyfikacja MM: XXXX[16]

Feniks jest wspaniałym szkarłatnym ptakiem wielkości łabędzia, o złotym ogonie, dzio-

---

[16] Feniks dostał kategorię XXXX nie dlatego, że jest niebezpieczny, ale dlatego, że tylko nielicznym czarodziejom udało się go oswoić.

bie i szponach. Gnieździ się na szczytach gór i jest spotykany w Egipcie, Indiach i Chinach. Feniks może żyć wiecznie, ponieważ kiedy się zestarzeje, jest w stanie się odrodzić, najpierw ginąc w płomieniach, a następnie powstając z popiołów jako pisklę. Feniksy są łagodnymi stworzeniami, które nigdy nie zabijają, gdyż żywią się wyłącznie ziołami. Podobnie jak dirikrak (patrz wyżej), feniks może znikać i pojawiać się, gdzie chce. Pieśń feniksa jest magiczna: uważa się, że wzmacnia odwagę tych o czystym sercu i sprawia, że do serc nieczystych wkrada się strach. Łzy feniksa mają silne właściwości lecznicze.

GARBORÓG

[Graphorn]

KLASYFIKACJA MM: XXXX

Garborogi żyją w górskich rejonach Europy. Jest to duże, szarofioletowe zwierzę, z charakterystycznym garbem na grzbiecie i dwoma bardzo ostrymi rogami. Porusza się na dużych, czteropalczastych stopach. Ma wyjątkowo agresywną naturę. To prawda, że czasami można spotkać górskiego trolla jadącego wierzchem na garborogu, ale najwidoczniej temu ostatniemu nie sprawia to większej przyjemności, bo o wiele częściej widuje się trolle pokryte bliznami po atakach garboroga. Sproszkowany róg garboroga jest składnikiem wielu eliksirów, niezwykle drogim ze względu na trudności związane z jego pozyskaniem. Skóra garboroga jest grubsza nawet od smoczej i odbija większość zaklęć.

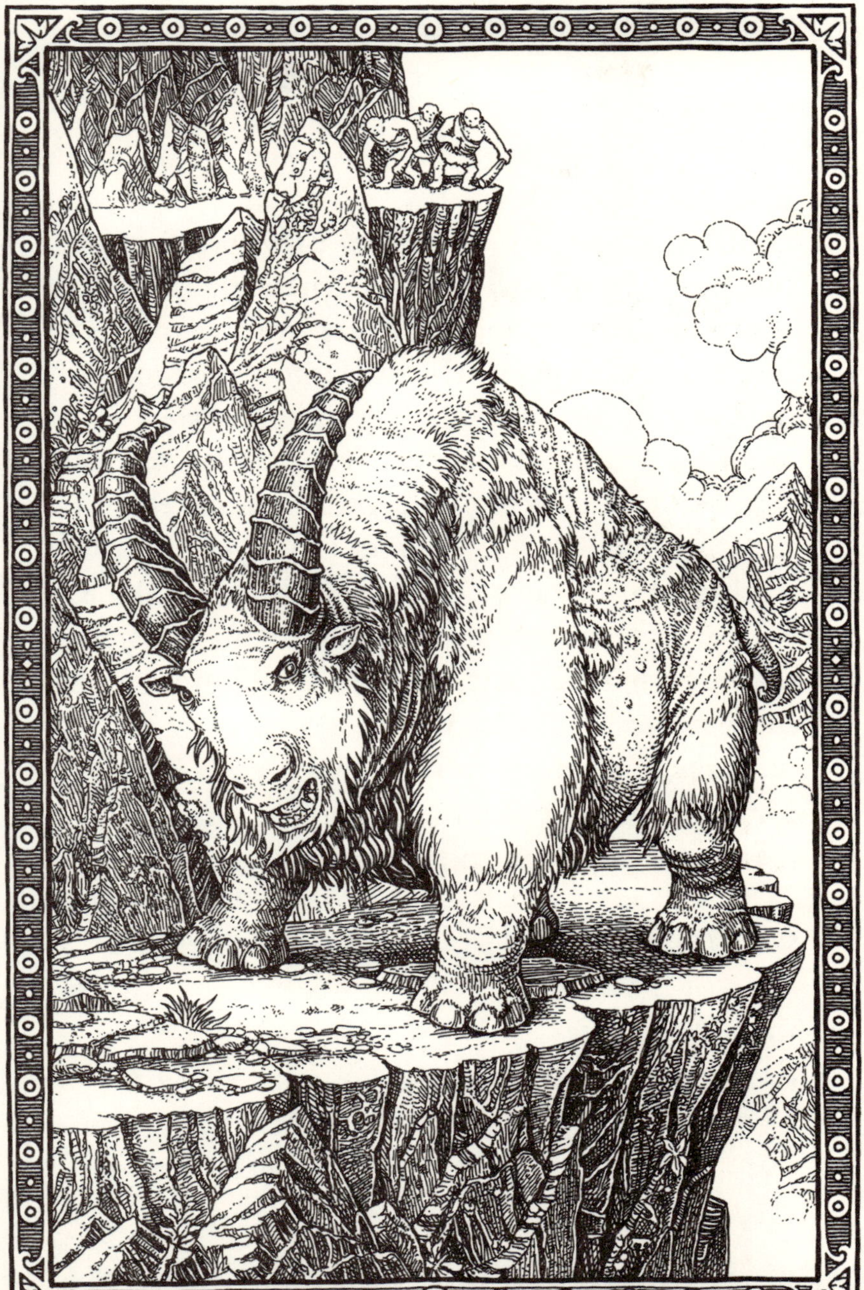

GHUL
[*Ghoul*]
KLASYFIKACJA MM: XX
Ghul odznacza się wyjątkową brzydotą, ale nie ma powodu, aby się go obawiać. Przypomina wstrętnego olbrzyma z wystającymi zębami i zamieszkuje zazwyczaj strychy domów lub stodoły należące do czarodziejów, gdzie żywi się pająkami i kretami. Zazwyczaj pojękuje i zawodzi, a czasami rzuca różnymi przedmiotami, ale jest z natury naiwny i w najgorszym wypadku powarczy na człowieka, który się na niego natknie. W Urzędzie Kontroli nad Magicznymi Stworzeniami istnieje Brygada Specjalna zajmująca się usuwaniem ghuli z budynków, które przechodzą w posiadanie mugoli. W domach czarodziejów ghul często bywa lubianym szczególnie przez dzieci zwierzątkiem rodzinnym.

GNOM
[*Gnome*]
KLASYFIKACJA MM: XX
Gnom jest pospolitym szkodnikiem ogrodowym, spotykanym na całym obszarze północnej Europy, a także w Ameryce Północnej. Ma stopę

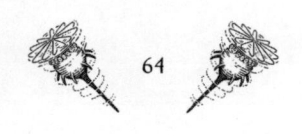

wzrostu, nieproporcjonalnie dużą głowę i kościste stopy. Aby pozbyć się gnoma z ogrodu, należy kręcić nim wokół siebie, aż dostanie zawrotu głowy, a następnie wyrzucić za płot. Można też użyć wozaka, ale w ostatnich czasach wielu czarodziejów uważa tę metodę pozbywania się gnomów za zbyt brutalną.

GROMOPTAK
[*Thunderbird*]
Klasyfikacja MM: XXXX
Gromoptak występuje tylko w Ameryce Północnej, najliczniej w Arizonie. Rozmiarami przewyższa dorosłego człowieka i potrafi w locie wywoływać burze. Jest tak czuły na magiczne zagrożenia, że różdżki z jego piórami same miotają zaklęcia wyprzedzające. Jeden z domów amerykańskiej Szkoły Magii i Czarodziejstwa w Ilvermorny nazwano Domem Gromoptaka.

GRYF
[*Griffin*]
Klasyfikacja MM: XXXX
Gryf pochodzi z Grecji. Ma głowę i przednie łapy olbrzymiego orła, a ciało i tylne łapy lwa. Po-

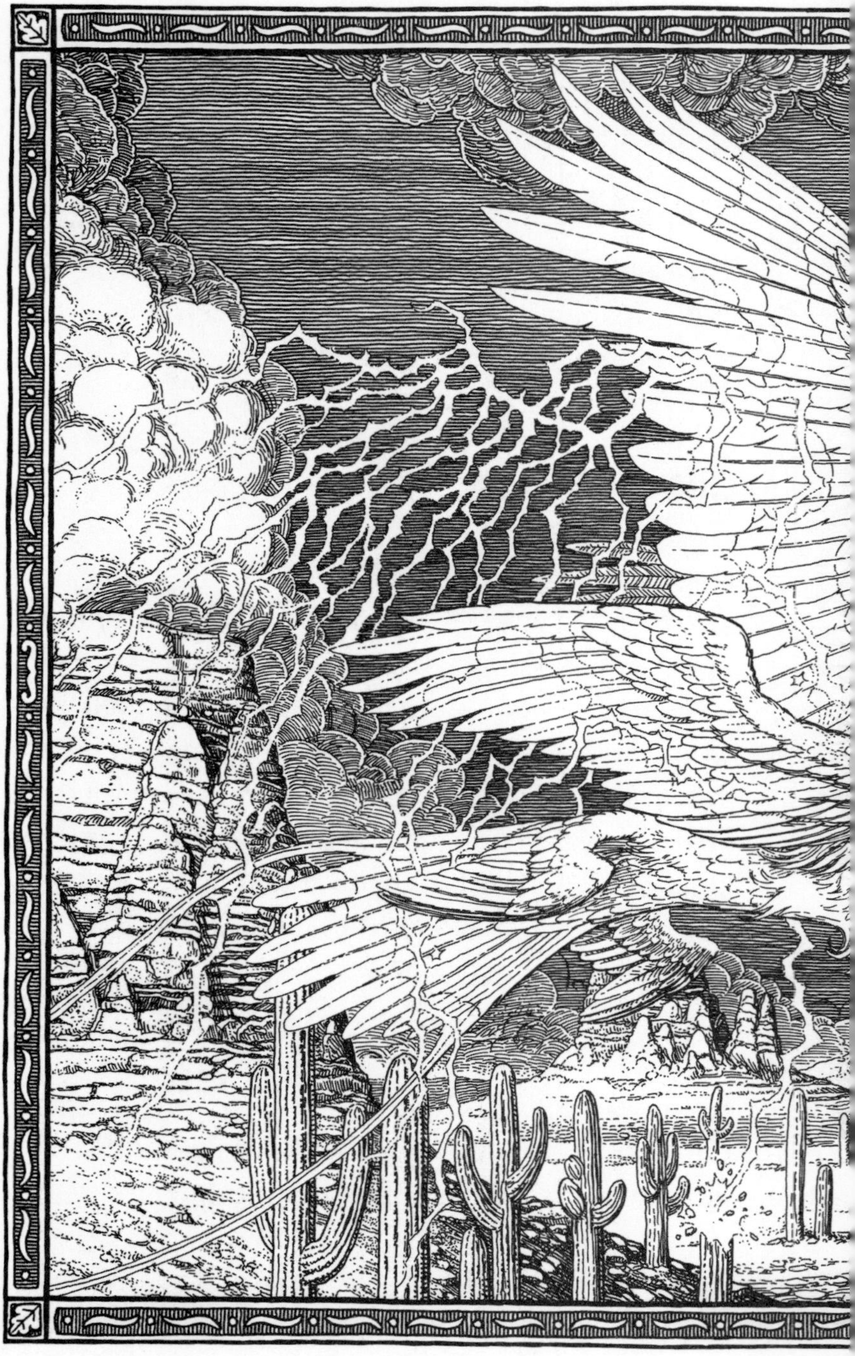

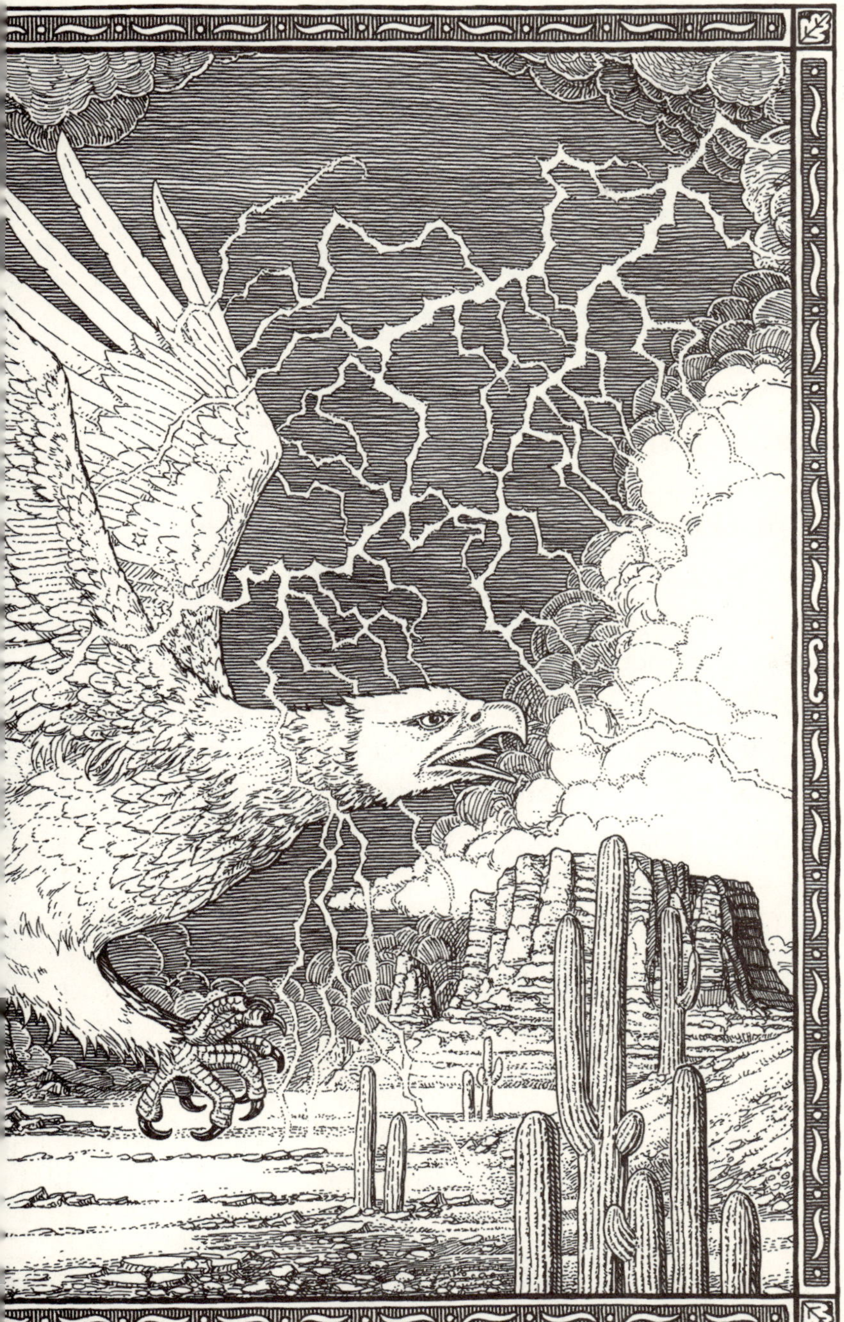

dobnie jak sfinksy (patrz niżej), gryfy są często wynajmowane przez czarodziejów do pilnowania skarbów. Chociaż gryfy mają bardzo gwałtowny charakter, znane są przypadki obłaskawiania ich przez czarodziejów. Żywią się surowym mięsem.

GUMOCHŁON
[*Flobberworm*]
KLASYFIKACJA MM: X

Gumochłony żyją w mokrych rowach. Przypominają grube brązowe glisty, długości do dziesięciu cali, i prawie wcale się nie poruszają. Oba końce gumochłona wyglądają tak samo i z obydwu wydobywa się śluz, który wykorzystuje się czasami do zagęszczania eliksirów. Ulubionym pożywieniem gumochłona jest sałata, ale może się żywić prawie wszystkimi roślinami.

HIPOGRYF
[*Hippogriff*]
Klasyfikacja MM: XXX
Hipogryf wywodzi się z Europy, ale obecnie spotyka się go na całym świecie. Ma głowę, przednie nogi i skrzydła olbrzymiego orła, a tułów konia. Można go oswoić, ale powinni się tego podejmować wyłącznie specjaliści. Podchodząc do hipogryfa, należy zachować z nim kontakt wzrokowy i ukłonić się, okazując w ten sposób dobre intencje. Jeśli hipogryf również się ukłoni, można się zbliżyć bez obawy.

Hipogryfy ryją ziemię w poszukiwaniu owadów, ale nie gardzą również ptakami i małymi ssakami. Budują na ziemi gniazda, do których składają jedno duże jajo o dość delikatnej skorupce, z którego młode wykluwa się po dwudziestu czterech godzinach. Pisklę hipogryfa już po tygodniu jest gotowe do lotu, ale dopiero po kilku miesiącach będzie w stanie wyruszyć razem z rodzicem na dalekie wyprawy.

HIPOKAMPUS

[Hippocampus]

KLASYFIKACJA MM: XXX

Hipokampus pochodzi z Grecji, ma głowę i pierś konia, a ogon i zad olbrzymiej ryby. Chociaż gatunek ten zazwyczaj spotyka się w Morzu Śródziemnym, w 1949 roku przepiękny niebieski deresz został schwytany przez trytony u wybrzeży Szkocji, a następnie przez nie udomowiony. Hipokampus składa duże jaja o półprzezroczystych skorupkach, przez które można zobaczyć uśpione jeszcze kijanki.

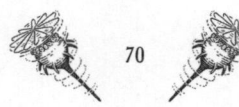

JEDNOROŻEC
[*Unicorn*]

KLASYFIKACJA MM: XXXX[17]

Jednorożec jest pięknym zwierzęciem spotykanym w lasach północnej Europy. Jest to rogaty koń. Dorosłe jednorożce są śnieżnobiałe, młode zaś rodzą się złote i w miarę dorastania zmieniają maść na srebrną. Róg, krew i włosy jednorożca mają silne właściwości magiczne[18]. Jednorożce unikają spotkań z ludźmi, jeśli jednak do tego dojdzie, chętniej pozwolą zbliżyć się do siebie czarownicy niż czarodziejowi. Są tak rącze, że bardzo trudno je złapać.

JEŻANKA
[*Shrake*]

KLASYFIKACJA MM: XXX

Jeżanka to ryba pokryta kolcami, żyjąca w Oceanie Atlantyckim. Mówi się, że pierwsza ławica jeżanek została stworzona przez czarodziejów na

---

[17] Patrz przypis do klasyfikacji centaura.

[18] Mugole mają o jednorożcach, podobnie jak o elfach, bardzo wysokie mniemanie – w tym przypadku uzasadnione.

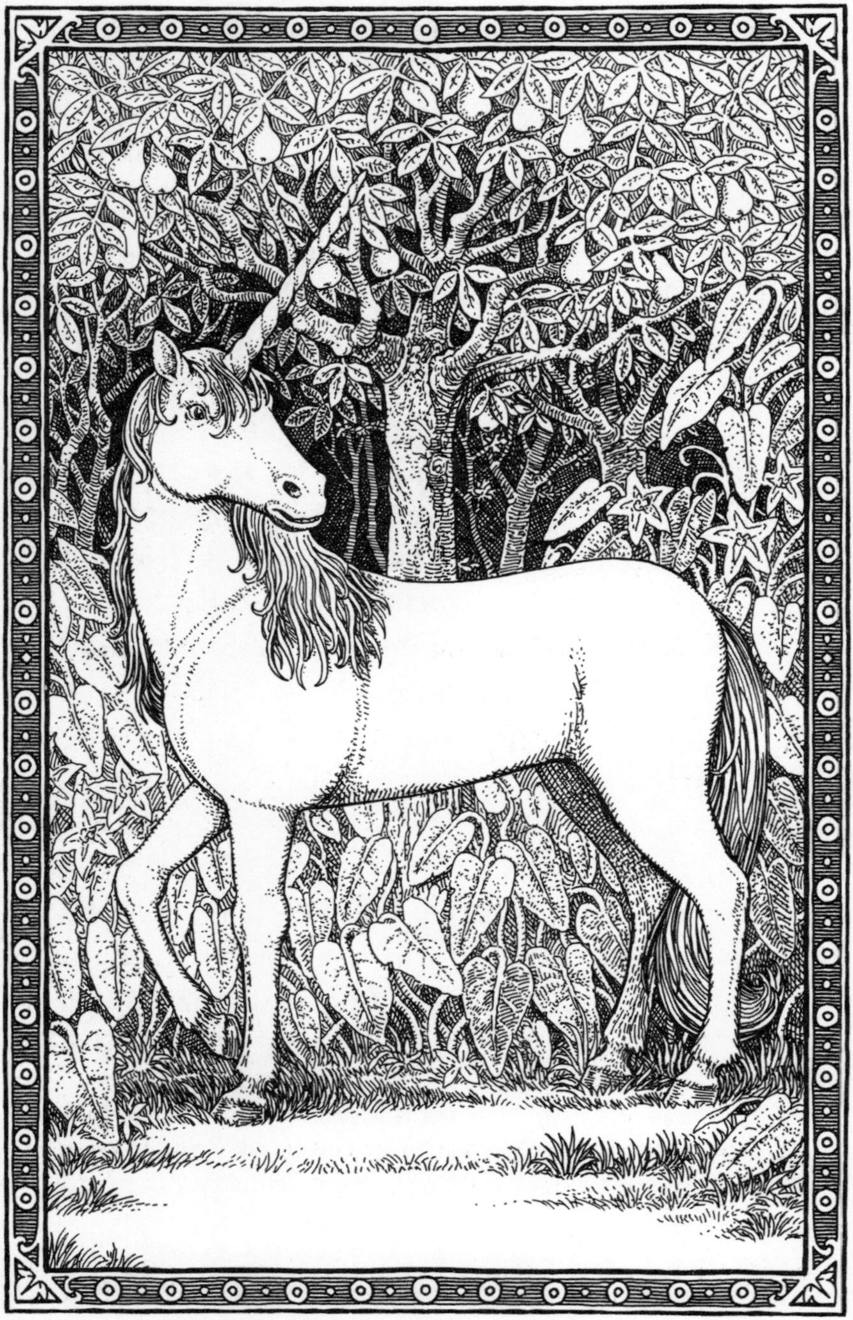

początku XIX wieku, w zemście na mugolskich rybakach, którzy obrazili grupę czarodziejów-żeglarzy. Od tamtej pory w tym miejscu oceanu mugolscy rybacy znajdują porwane przez jeżanki puste sieci.

KAPPA
[*Kappa*]
KLASYFIKACJA MM: XXXX
Kappa jest japońskim demonem wodnym, który zamieszkuje płytkie stawy i rzeki. Często porównuje się ją do małpy, która zamiast futra ma rybie łuski, a na czubku głowy lejek pełen wody.

Kappa żywi się ludzką krwią, ale można ją powstrzymać przed atakiem, rzucając jej ogórek z wyrytym na nim imieniem niedoszłej ofiary. Czarodziej, który spotka kappę, musi spowodować, aby się ukłoniła, wtedy woda z lejka wyleje się, a kappa całkowicie utraci moc.

KELPIA
[*Kelpie*]
KLASYFIKACJA MM: XXXX
Ten brytyjski i irlandzki demon wodny może przybierać różne kształty, ale najczęściej ukazuje się w postaci konia z wiechą sitowia zamiast grzywy. Kiedy zwabi na swój grzbiet niczego nieświadomego nieszczęśnika, nurkuje z nim na dno rzeki lub jeziora, gdzie zjada go, pozwalając wnętrzno-

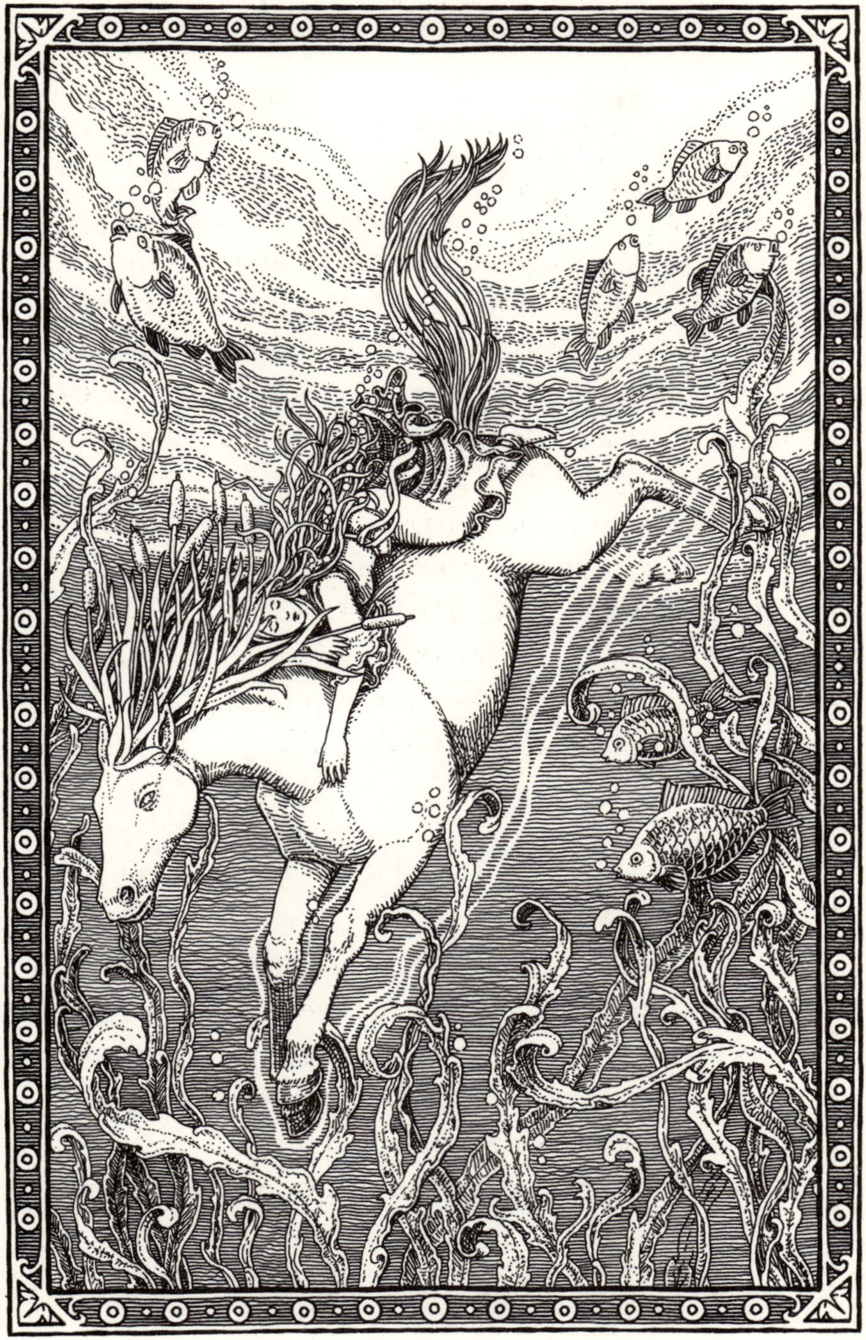

ściom wypłynąć na powierzchnię. Aby pokonać kelpię, należy nałożyć jej za pomocą zaklęcia wędzidło, co sprawi, że stanie się uległa i niegroźna. Największa kelpia na świecie zamieszkuje jezioro Loch Ness w Szkocji. Najchętniej przybiera kształt węża morskiego (patrz niżej). Obserwatorzy z Międzynarodowej Konfederacji Czarodziejów odkryli, że nie mają do czynienia z prawdziwym wężem morskim, kiedy na widok grupy mugolskich badaczy wąż zamienił się w wydrę, a po ich odpłynięciu powrócił do swego pierwotnego kształtu.

KOŁKOGONEK
[*Nogtail*]
KLASYFIKACJA MM: XXX
Kołkogonki są demonami spotykanymi w rolniczych rejonach Europy, Rosji i Ameryki. Przypominają karłowate prosiaki o długich nogach, serdelkowatych ogonach i wąskich czarnych oczach. Kołkogonek wkrada się do chlewa i ssie zwyczajną maciorę razem z jej prawdziwymi młodymi. Im dłużej będzie przebywał w gospodarstwie i im większy urośnie, tym dłużej gospodarzy będzie dręczyła zła passa.

Kołkogonek jest wyjątkowo szybki i trudny do schwytania, ale jeśli zostanie przepędzony za granice gospodarstwa przez całkowicie białego psa, nigdy już do niego nie powróci. Urząd Kontroli nad Magicznymi Stworzeniami (Sekcja Szkodników) trzyma specjalnie w tym celu dwanaście ogarów albinosów.

KORNICZAK
[*Bundimun*]
Klasyfikacja MM: XXX

Korniczaki występują na całym świecie. Zagnieżdżają się w domach, gdzie mieszkają pod deskami podłogowymi. Ich obecność objawia się intensywnym odorem zgnilizny. Wydzielina korniczaka powoduje butwienie fundamentów domu.

W stanie spoczynku korniczak przypomina kupkę zielonkawych grzybów z oczami, ale przestraszony zrywa się na liczne wrzecionowate nogi i ucieka. Żywi się nieczystościami. Inwazji korniczaków można się pozbyć, używając zaklęć oczyszczających, ale jeśli dopuszczono, by za bardzo urosły, należy skontaktować się z Urzędem Kontroli nad Magicznymi Stworzeniami (Sekcja Szkodników), zanim dom się zawali. Rozcieńczona wydzielina korniczaka używana jest w niektórych magicznych środkach czyszczących.

KOZŁAG
[*Hodag*]
KLASYFIKACJA MM: XXX
Kozłag jest rogatym stworzeniem o czerwonych, jaśniejących ślepiach i długich kłach, wzrostu dużego psa. Proszek z jego rogów sprawia, że człowiek staje się odporny na skutki wypicia nadmiernej ilości alkoholu i może obyć się bez snu przez siedem dni i nocy. Kozłag zamieszkuje Amerykę Północną i podobnie jak bystroduch, od dawna budził wiele emocji i ciekawości wśród mugoli. Żywi się głównie lunaballami, stąd często odwiedza nocą mugolskie farmy. Urząd Dezinformacji MACUSA kosztuje wiele wysiłku przekonywanie mugoli, że kozłagi są wytworem fantazji. Obecnie udało się ograniczyć występowanie populacji kozłagów do chronionego regionu wokół Wisconsin.

KUDŁOŃ
[*Porlock*]
Klasyfikacja MM: XX
Kudłoń jest strażnikiem koni spotykanym w Anglii (Dorset) i na południu Irlandii. Jest kudłaty, głowę porasta mu długa zmierzwiona czupryna, ma też wyjątkowo duży nos. Jest parzystokopytny i porusza się na dwóch nogach. Ma krótkie ramiona zakończone dłońmi o czterech grubych palcach. Dorosłe kudłonie osiągają dwie stopy wzrostu i żywią się trawą.

Kudłoń jest nieśmiały, zajmuje się wyłącznie pilnowaniem koni. Można go znaleźć w stajni, zwiniętego w słomie, albo ukrywającego się pośród stada, którego strzeże. Nie ufa ludziom i zawsze się przed nimi chowa.

KUGUCHAR
[*Kneazle*]
Klasyfikacja MM: XXX
Kuguchar wywodzi się z Wielkiej Brytanii, ale obecnie spotyka się go na całym świecie. To małe stworzonko przypomina kota, ma nakrapiane, cętkowane albo łaciate futro, olbrzymie uszy i ogon z pędzelkiem jak u lwa. Kuguchar

jest inteligentny, niezależny i czasem agresywny, ale jeśli spodoba mu się jakaś czarownica lub czarodziej, może być wspaniałym zwierzątkiem domowym. Ma niezwykłą zdolność wykrywania przykrych i podejrzanych osobników, potrafi też doprowadzić do domu swojego właściciela, jeśli ten zabłądzi. Kuguchary rodzą do ośmiu młodych w jednym miocie i mogą się krzyżować z kotami. Aby zostać właścicielem kuguchara, trzeba mieć licencję, gdyż (podobnie jak w przypadku psidwaków i świergotników) nietypowy wygląd kuguchara może wzbudzić zainteresowanie mugoli.

KWINTOPED
(znany również jako Włochaty MacBoon)
[*Quintaped*]
Klasyfikacja MM: XXXXX
Kwintoped jest bardzo niebezpiecznym zwierzęciem mięsożernym, które wyjątkowo rozsmakowało się w ludziach. Jego nisko zawieszony tułów, podobnie jak pięć nóg, z których każda zakończona jest zdeformowaną stopą, porośnięte są grubą, czerwonobrązową sierścią. Kwintopedy występują jedynie na Wyspie Posępnej, która

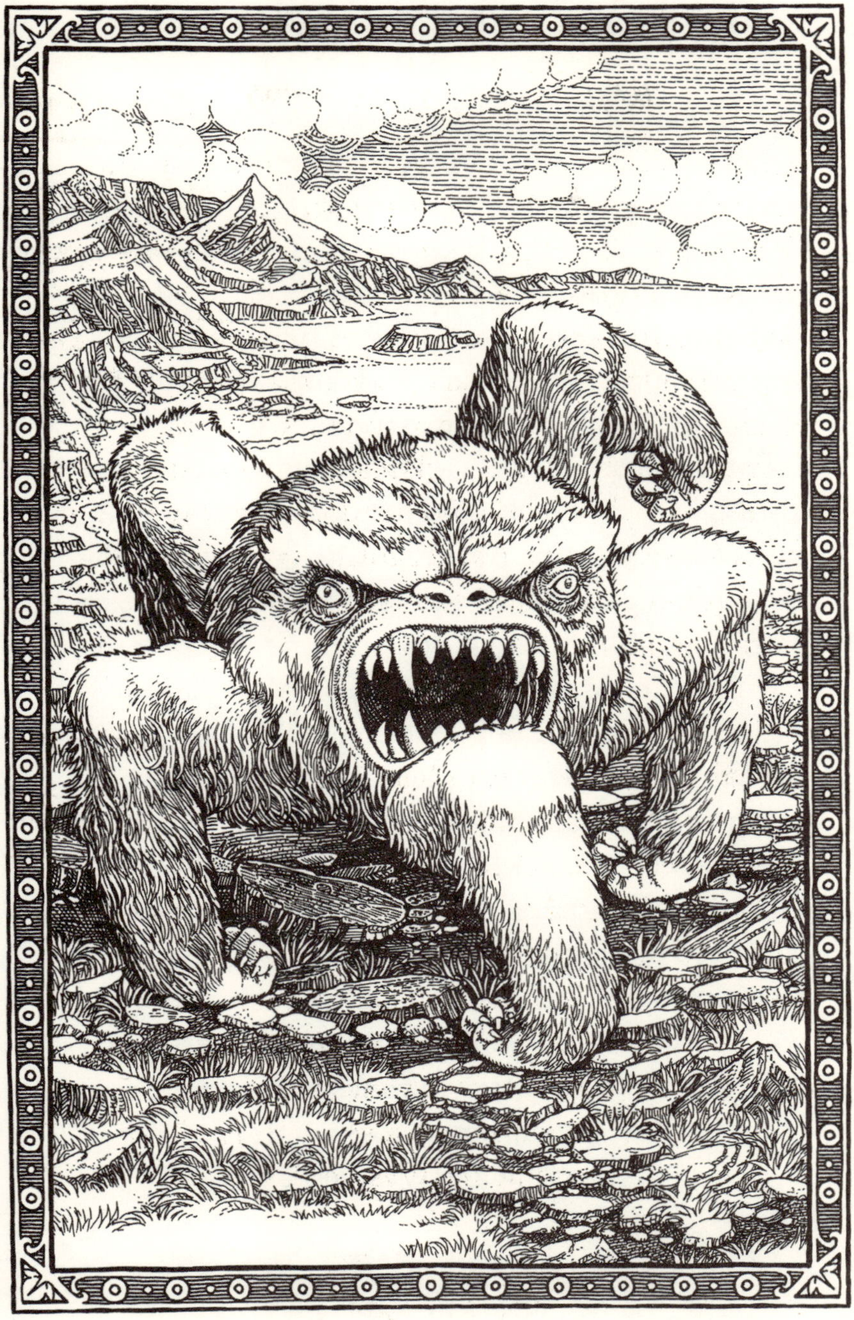

leży w najdalej wysuniętym na północ punkcie Szkocji. Dlatego też Posępna jest terenem nienanoszalnym.

Legenda głosi, że kiedyś Wyspę Posępną zamieszkiwały dwie rodziny czarodziejów, McClivertowie i MacBoonowie. Podobno pojedynek, jaki rozegrał się między pijanym naczelnikiem klanu McClivertów, Dugaldem, i równie pijanym Kwintusem, głową klanu MacBoonów, zakończył się śmiercią Dugalda. Jak głosi legenda, pewnej nocy grupa McClivertów otoczyła zabudowania MacBoonów, i pragnąc się zemścić, zamieniła ich wszystkich w potworne pięcionogie stwory. McClivertowie zbyt późno zorientowali się, że transmutowani MacBoonowie są o wiele groźniejszymi przeciwnikami (uważano, że MacBoonowie bardzo słabo posługują się magią). Co gorsza, MacBoonowie dali sobie radę ze wszystkimi próbami zamienienia ich z powrotem w ludzi. Potwory wybiły McClivertów co do nogi, aż na wyspie nie pozostał ani jeden człowiek. Dopiero wtedy MacBoonowie zrozumieli, że skoro na wyspie nie pozostał nikt władający różdżką, już na zawsze pozostaną pięcionogami.

Nigdy się nie dowiemy, czy opowieść ta jest prawdziwa. Na pewno nie przeżył żaden McClivert ani MacBoon, aby opowiedzieć, co się stało z ich przodkami. Kwintopedy nie potrafią mówić. Urząd Kontroli nad Magicznymi Stworzeniami starał się wielokrotnie schwytać kwintopeda, aby spróbować go odtransmutować, lecz bez powodzenia. Musimy więc uznać, że rzeczywiście są, jak głosi ich przydomek, Włochatymi MacBoonami, którym przyszło dożyć swoich dni jako pięcionogie zwierzęta.

LANGUSTNIK LADACO
[Mackled Malaclaw]
Klasyfikacja MM: XXX

Langustnik jest stworzeniem lądowym, spotykanym głównie na skalistych wybrzeżach Europy. Chociaż jest nadzwyczaj podobny do homara, pod żadnym pozorem nie powinno się go zjadać, ponieważ spożycie jego mięsa wywołuje wysoką gorączkę i nieprzyjemne zielone zabarwienie twarzy.

Langustnik ladaco osiąga długość dwunastu cali i jest jasnoszary w ciemnozielone plamki. Żywi się małymi skorupiakami, ale nie pogardzi też większą zdobyczą. Ukąszenie langustnika wywołuje nietypowy efekt uboczny, polegający na tym, że przez tydzień po ugryzieniu ofiara ma wyjątkowego pecha. Jeśli ugryzł cię langustnik, nie zakładaj się i nie spekuluj, ponieważ sprawy na pewno potoczą się nie po twojej myśli.

LELEK WRÓŻEBNIK
(nazywany też irlandzkim feniksem)
[*Augurey – Irish Phoenix*]
KLASYFIKACJA MM: XX

Lelek wróżebnik jest zwierzęciem rodzimym Wielkiej Brytanii i Irlandii, ale można go czasem spotkać w innych rejonach północnej Europy. Jest to chudy, ponury ptak, przypominający małego i niedożywionego sępa o zielonkawoczarnym upierzeniu. Jest wyjątkowo nieśmiały. Gnieździ się w jeżynach i innych ciernistych krzewach, żywi się dużymi owadami i elfami, lata tylko podczas silnego deszczu, a przy lepszej pogodzie pozostaje w gnieździe o kształcie łzy.

Lelek wydaje charakterystyczne niskie, drżące dźwięki. Kiedyś uważano, że wróżą one śmierć. Czarodzieje omijali gniazda lelka w obawie usłyszenia tego rozdzierającego serce krzyku, uważa się też, że niejeden czarodziej dostał ataku serca, kiedy przechodząc przez zarośla, usłyszał jęki ukrytego w gąszczu lelka[19]. Jednak dzięki

---

[19] Urik Kaprawe Oko trzymał w swojej sypialni aż pięćdziesiąt oswojonych lelków wróżebników. Pewnej wyjątkowo deszczowej zimy zawodzenia lelków doprowadziły Urika do przekonania, że już umarł i stał się duchem. Próby przenikania przez ściany swoje-

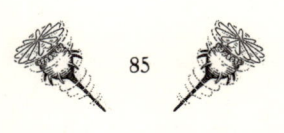

długotrwałym badaniom dowiedziono ostatnio, że lelek śpiewa wyłącznie przed nadciągającym deszczem[20]. Od tej pory lelki wróżebniki stały się modnymi zwierzątkami domowymi, które mają przepowiadać pogodę, chociaż w zimie wielu osobom trudno znieść ich nieustanne jęki. Pióra lelka nie nadają się do pisania, ponieważ odpychają atrament.

LEPROKONUS
(nazywany czasem klaurikornem)
[*Leprechaun – Clauricorn*]
KLASYFIKACJA MM: XXX
Chociaż inteligentniejszy od elfa i mniej złośliwy od topka, chochlika czy bachanki, leprokonus jest wielkim psotnikiem. Spotykany wyłącznie w Irlandii, osiąga wzrost do sześciu cali i jest zielony. Sporządza sobie proste ubrania z liści. Leprokonusy jako jedyne spośród „karzełków" potrafią mówić, ale nigdy nie zażądały zmiany swojego statusu zwierząt. Są żyworodne, żyją

---

go domu doprowadziły go do stanu, który jego biograf Radolphus Pittiman określił jako „wstrząs mózgu trwający dziesięć dni".

[20] Zob. *Dlaczego nie zginąłem, kiedy lelek zakrzyczał* Gullivera Pokeby'ego (Czerwone Książeczki, 1824).

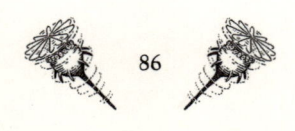

głównie w lesistych okolicach, ale lubią przyciągać uwagę mugoli i dlatego w mugolskiej literaturze dziecięcej występują prawie tak często jak elfy. Leprokonusy wytwarzają nadzwyczaj podobną do złota substancję, która, ku ich wielkiej uciesze, znika po kilku godzinach. Żywią się liśćmi i wbrew krążącej o nich opinii, nigdy nie wyrządzają ludziom poważniejszej krzywdy.

LUNABALLA
[*Mooncalf*]
KLASYFIKACJA MM: XX
Lunaballa jest niezwykle nieśmiałym stworzeniem, które opuszcza swoją norę jedynie podczas pełni księżyca. Ma gładkie bladoszare ciało, wyłupiaste okrągłe oczy na czubku głowy i cztery wrzecionowate nogi o wielkich płaskich stopach. Podczas pełni lunaballe wykonują tylnymi nogami skomplikowane tańce. Podejrzewa się, że jest to rodzaj zalotów (owe tańce często pozostawiają w zbożu ślady w postaci zawiłych geometrycznych wzorów, które stanowią wielką zagadkę dla mugoli).

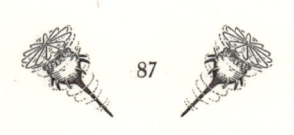

 Obserwowanie tańca lunaballi w świetle księżyca jest fascynującym przeżyciem, może być również bardzo opłacalne, bo jeśli przed wschodem słońca zbierze się ich srebrzyste odchody i rozsypie na grządkach z magicznymi ziołami oraz na rabatach z kwiatami, rośliny urosną bardzo szybko i będą wyjątkowo silne. Lunaballe spotyka się na całym świecie.

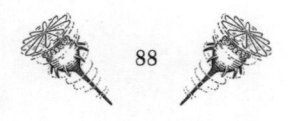

MANTYKORA
[*Manticore*]
Klasyfikacja MM: XXXXX
Mantykora jest bardzo niebezpiecznym greckim zwierzęciem o głowie człowieka, ciele lwa i ogonie skorpiona. Jest równie niebezpieczna jak chimera i równie rzadka. Podobno cicho nuci, delektując się swoją ofiarą. Skóra mantykory odbija większość zaklęć, a ukłucie jej żądłem powoduje natychmiastową śmierć.

MEMORTEK
[*Jobberknoll*]
Klasyfikacja MM: XX
Memortek (północna Europa i Ameryka) jest malutkim, niebieskim cętkowanym ptaszkiem, który żywi się małymi owadami. Przez całe życie jest niemy, a tuż przed śmiercią wydaje długi krzyk składający się ze wszystkich dźwięków, jakie słyszał w życiu, wyśpiewanych w odwrotnej kolejności. Pióra memortka wchodzą w skład veritaserum i eliksirów wspomagających pamięć.

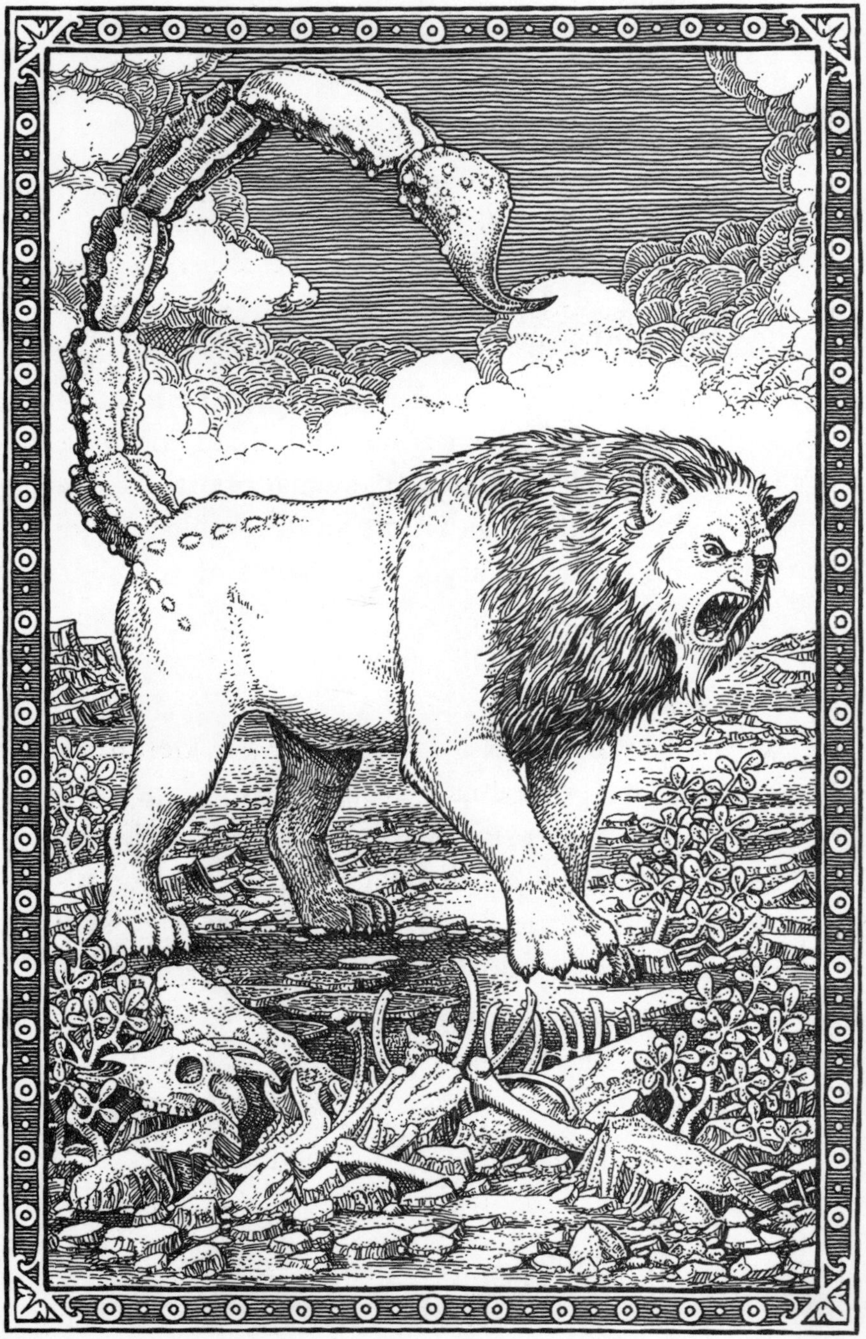

NIEŚMIAŁEK

[*Bowtruckle*]

KLASYFIKACJA MM: XX

Nieśmiałek jest stworzonkiem pilnującym drzew, spotykanym najczęściej w zachodniej Anglii, południowych Niemczech i niektórych lasach Skandynawii. Trudno go zauważyć, ponieważ jest niewielki (do ośmiu cali) i sprawia wrażenie, jakby składał się z kory, gałązek i dwóch małych brązowych oczek.

Nieśmiałek żywi się insektami. Jest pokojowo nastawionym i bardzo nieśmiałym stworzonkiem, ale jeśli drzewu, na którym mieszka, coś zagraża, rzuca się na drwala lub dendrologa, który próbuje uszkodzić jego dom, i stara się wydrapać mu oczy swoimi długimi, spiczastymi palcami. Aby odwrócić uwagę nieśmiałka od drzewa, należy podać mu trochę korników, a kiedy zwierzątko będzie nimi zajęte, szybko pobrać drewno na różdżkę.

NIUCHACZ
[*Niffler*]
Klasyfikacja MM: XXX
Niuchacz jest zwierzęciem brytyjskim. Te puchate, czarne, długopyskie, drążące nory stworzonka mają szczególne upodobanie do wszystkiego, co się świeci. Gobliny często wykorzystują niuchacze do poszukiwania ukrytych pod ziemią

skarbów. Chociaż niuchacz jest stworzeniem łagodnym, a nawet przymilnym, nie powinno się trzymać go w domu, ponieważ może niszczyć dobytek właściciela. Niuchacze mieszkają w norach wydrążonych nawet do dwudziestu stóp pod ziemią i rodzą od sześciu do ośmiu młodych w miocie.

NUNDU
[*Nundu*]
Klasyfikacja MM: XXXXX
Nundu jest wschodnioafrykańskim zwierzęciem, przez niektórych uważanym za najgroźniejsze stworzenie na świecie. Ten gigantyczny lampart, który mimo swych rozmiarów porusza się bezszelestnie i którego oddech sprowadza zarazę mogącą uśmiercić całą wioskę, jeszcze nigdy nie został pokonany przez grupę liczącą mniej niż stu wyszkolonych czarodziejów.

OGNISTY KRAB
[*Fire Crab*]
KLASYFIKACJA MM: XXX

Nazwa jest myląca, ponieważ to stworzenie z wyglądu przypomina żółwia. Na wyspie Fidżi, która jest jego ojczyzną, część wybrzeża została zamieniona w rezerwat krabów, w celu ich ochrony nie tylko przed mugolami, których mogłyby skusić ich cenne skorupy, ale również przed pozbawionymi skrupułów czarodziejami, którzy wykorzystują te skorupy jako niezmiernie cenione kociołki. Poza tym krab ma własny mechanizm obronny: atakowany, wystrzeliwuje z tylnego końca płomienie. Ogniste kraby eksportuje się jako zwierzęta domowe, ale wymagana jest na nie specjalna licencja.

PLUMPKA
[*Plimpy*]
KLASYFIKACJA MM: XXX

Plumpka jest okrągłą, cętkowaną rybą, którą można rozpoznać po dwóch długich nogach zakończonych płetwiastymi stopami. Zamieszkuje głębokie jeziora, w których ryje dno w poszukiwaniu żeru. Jej ulubionym pokarmem są wodne ślimaki. Plumpka nie jest zbyt groźna, ale może skubać stopy i ubranie pływaków. Trytony uważają ją za szkodnika i chętnie się jej pozbywają, zawiązując jej elastyczne odnóża w supeł; wtedy plumpka odpływa, unoszona prądem, ponieważ nie jest w stanie sterować, i nie może powrócić, zanim się nie rozplącze, co zwykle zajmuje jej kilka godzin.

POGREBIN
[*Pogrebin*]
KLASYFIKACJA MM: XXX

Pogrebin jest rosyjskim demonem, który osiąga najwyżej stopę wzrostu, ma włochate ciało i gładką, nieproporcjonalnie dużą, szarą głowę. Pogrebiny ciągnie do ludzi, którym lubią towarzyszyć, kryjąc się w ich cieniu, a kiedy właściciel cienia odwróci się w ich stronę, kulą się, przypominając błyszczący, okrągły kamień. Jeśli pogrebin będzie podążał za człowiekiem przez wiele godzin, jego ofiarę ogarnie uczucie zniechęcenia, po czym pogrąży się w letargu i depresji. Jeśli ofiara się zatrzyma, opadnie na kolana i zacznie rozpaczać nad bezsensownością życia, pogrebin rzuci się na nią i będzie się starał ją pożreć. Łatwo jest jednak odeprzeć pogrebina prostymi urokami i zaklęciami otumaniającymi. Skutkuje też danie mu solidnego kopniaka.

POPIEŁEK
[Ashwinder]
Klasyfikacja MM: XXX
Popiełek powstaje, kiedy magiczny ogień[21] zbyt długo pali się bez dozoru. Cienki bladoszary wąż o roziskrzonych czerwonych oczach wyłania się spomiędzy żarzących się węgli niepilnowanego ognia i odpełza w mroki domostwa, pozostawiając za sobą dróżkę z popiołu.

Popiełek żyje tylko godzinę i przez ten czas wyszukuje sobie ciemne i zaciszne miejsce, aby

---

[21] Każdy ogień, do którego została dodana magiczna substancja, na przykład proszek Fiuu.

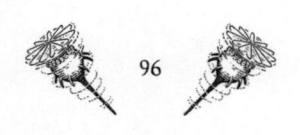

złożyć w nim jaja, po czym rozpada się w proch. Jaja popiełka są olśniewająco czerwone i wydzielają bardzo silne ciepło. Jeśli jaja nie zostaną szybko odnalezione i zamrożone odpowiednim zaklęciem, mogą doprowadzić do pożaru. Czarodziej, który zauważy, że po jego domu pełza jeden lub więcej popiełków, powinien natychmiast je wytropić i odnaleźć ich gniazda. Zamrożone jaja są bardzo cennym składnikiem napojów miłosnych, a także, zjedzone w całości, skutecznym lekiem na malarię.

Popiełki występują na całym świecie.

PRZYCZAJACZ
[*Hidebehind*]
KLASYFIKACJA MM: XXXX
Przyczajacz to gatunek, który powstał przypadkowo, a sprowadził go do Ameryki Północnej europejski oszust Fineas Fletcher. Fletcher, handlarz zakazanymi artefaktami i stworzeniami, miał zamiar produkowania w Nowym Świecie peleryn niewidek i w tym celu wiózł na statku demimoza. Podczas podróży demimoz wymknął się z klatki i uległ chuci jadącego na gapę ghula. Owoce tego potajemnego związku uciekły do

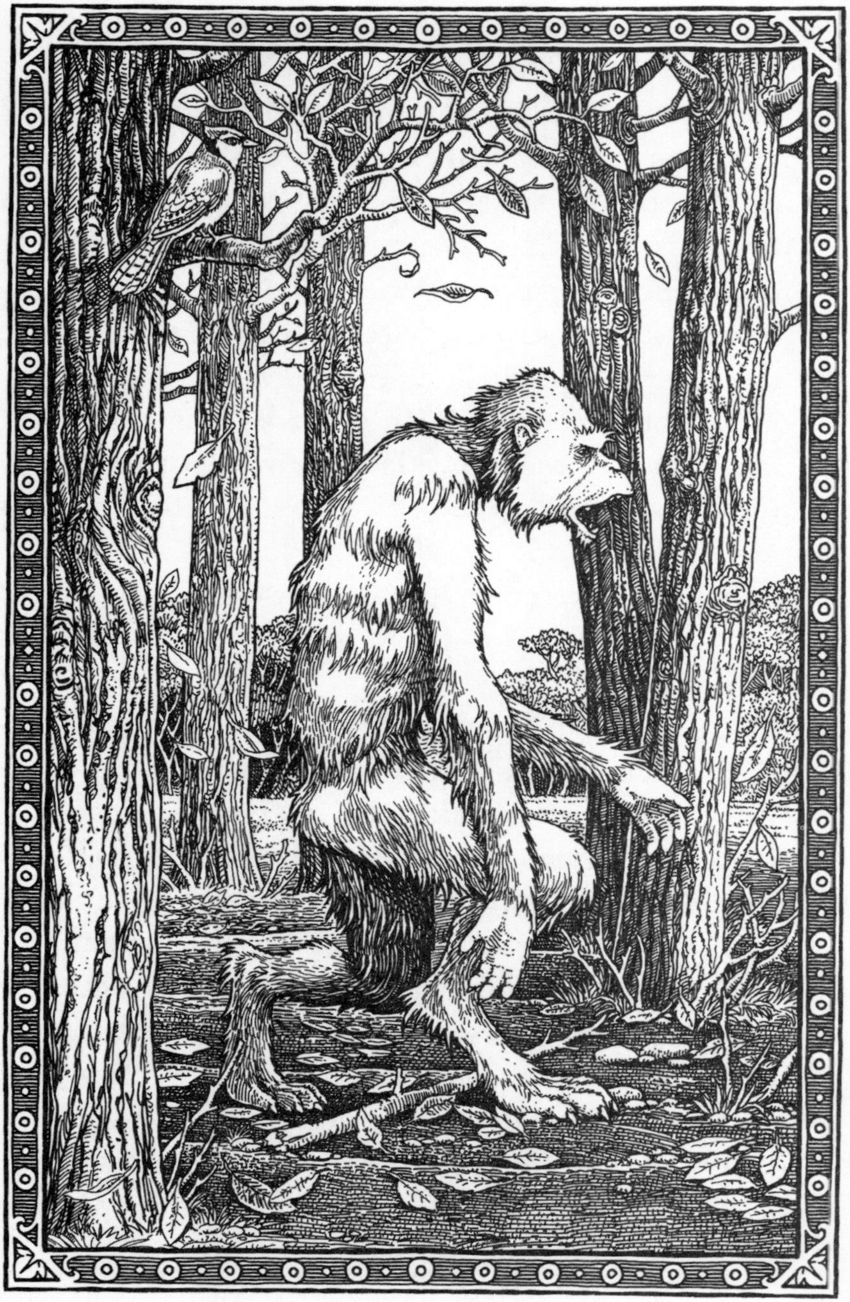

lasów Massachusetts, kiedy przybił tam statek Fletchera, a ich potomkowie żyją w tym regionie do dzisiaj. Przyczajacz jest zwierzęciem nocnym i potrafi stawać się niewidzialnym. Ci, którym udało się go zobaczyć, twierdzą, że jest wysokim stworzeniem o srebrnej sierści, przypominającym chudego niedźwiedzia. Najchętniej poluje na ludzi, co – zdaniem magizoologów – jest skutkiem okrucieństwa, z jakim Fineas Fletcher traktował przetrzymywane przez siebie zwierzęta.

PSIDWAK
[*Crup*]
KLASYFIKACJA MM: XXX
Psidwak pochodzi z południowo-wschodniej Anglii. Jest bardzo podobny do teriera odmiany jack russell, ale ma rozwidlony ogon. Został najprawdopodobniej wyhodowany przez czarodziejów, ponieważ jest wobec nich niezwykle lojalny, za to nadzwyczaj źle nastawiony do mugoli. Pochłania wszelkie szkodniki i odpadki, począwszy od gnomów, a skończywszy na starych oponach. Licencję na psidwaka można otrzymać w Urzędzie Kontroli nad Magicznymi Stworzeniami po przejściu prostego testu, który ma na celu udowodnienie, że przy-

szły właściciel jest w stanie zapanować nad psidwakiem na terenach zamieszkanych przez mugoli. Aby psidwaki nie wpadły w oko mugolom, ich właściciele mają prawny obowiązek usuwania im ogonów bezbolesnym zaklęciem rozdzielającym, kiedy szczeniaki mają od sześciu do ośmiu tygodni.

PUFEK
[*Puffskein*]
KLASYFIKACJA MM: XX
Pufek spotykany jest na całym świecie. To krągłe, porośnięte miękkim, kremowożółtym futerkiem łagodne stworzenie nie ma nic przeciwko temu, aby je przytulano lub nawet nim rzucano. Pufek nie wymaga specjalnej opieki, a kiedy jest zadowolony, mruczy. Od czasu do czasu wysuwa bardzo długi, cienki różowy język, który pełza po domu w poszukiwaniu jedzenia. Pufek jest typowym śmietnikowcem i zje wszystko, od odpadków po pająki, ale jego ulubionym zajęciem jest przyklejanie swojego języczka do nosa śpiących czarodziejów i zjadanie ich smarków. Z tego powodu pufek jest od dawna bardzo lubiany przez dzieci czarodziejów i wciąż pozostaje bardzo popularnym zwierzątkiem domowym.

RAMORA
[*Ramora*]
KLASYFIKACJA MM: XX
Ramora jest srebrną rybą spotykaną w Oceanie Indyjskim. Ma silną magiczną moc, może zakotwiczać statki i jest opiekunką żeglarzy. Ramora jest wysoko ceniona przez Międzynarodową Konfederację Czarodziejów. Ustanowiono wiele praw, które mają ją chronić przed kłusownikami.

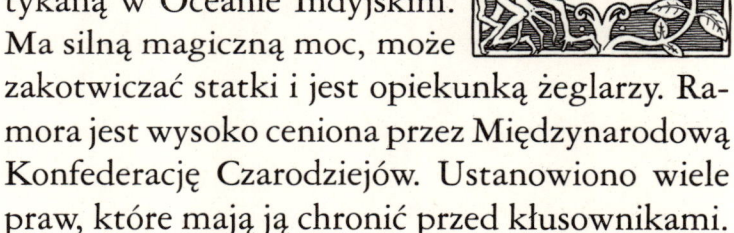

REEM
[*Re'em*]
KLASYFIKACJA MM: XXXX
Reem jest bardzo rzadkim olbrzymim wołem o złotej sierści, spotykanym na dzikich terenach Ameryki Północnej i Dalekiego Wschodu. Wypita krew reema daje niezwykłą siłę, ale trudności, jakie wiążą się z jej zdobyciem, sprawiają, że rzadko pojawia się na wolnym rynku.

ROGATY WĄŻ
[*Horned Serpent*]
KLASYFIKACJA MM: XXXXX
Na świecie istnieje kilka gatunków rogatych węży.

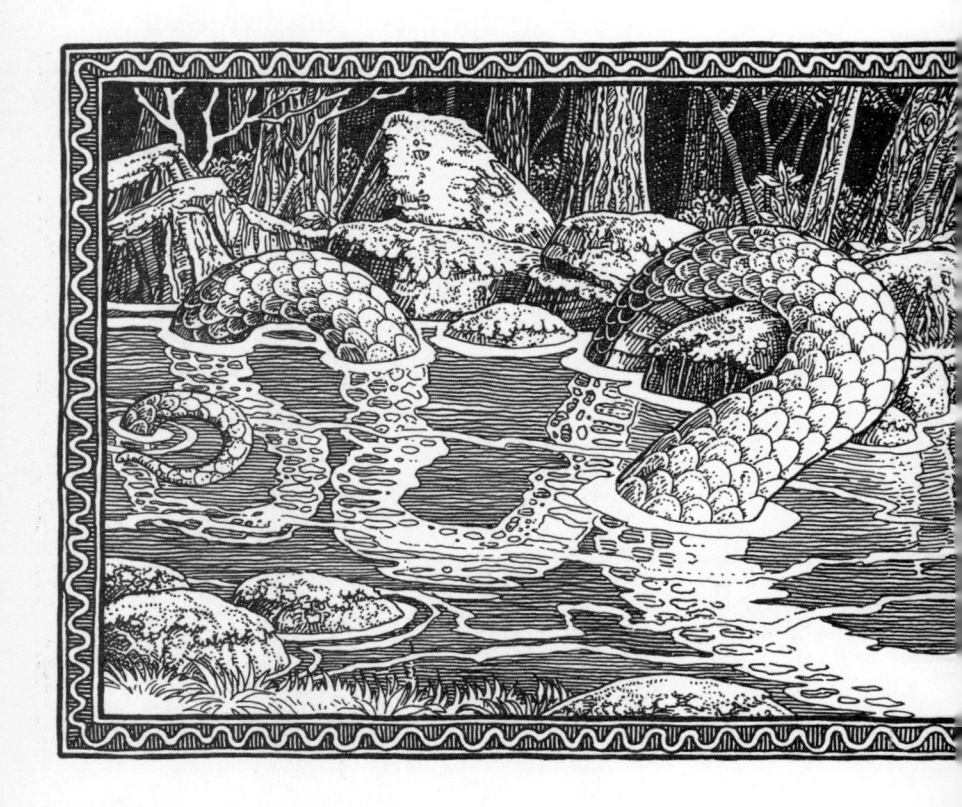

Wielkie okazy schwytano na Dalekim Wschodzie, a dawne bestiariusze wspominają o ich obecności w Europie Zachodniej, gdzie zostały w końcu wytępione przez czarodziejów poszukujących rzadkich składników eliksirów. Najliczniejsza i najbardziej zróżnicowana grupa rogatych węży żyje do dziś w Ameryce Północnej, a wśród nich najsłynniejsza i najcenniejsza odmiana węża z klejnotem w czole, który daje ponoć moc niewidzialności i zdolność latania. Istnieje legenda o rogatym wężu i Izoldzie Sayer, założycielce Szkoły Magii i Czarodziejstwa w Ilvermorny. Wąż nauczył ją mowy węży i ofiarował strużyny ze swojego rogu, które stały się rdzeniem pierwszej amerykańskiej różdżki. Jeden z domów Ilvermorny nosi miano Domu Rogatego Węża.

SALAMANDRA
[*Salamander*]
KLASYFIKACJA MM: XXX
Salamandra jest małą ogniolubną jaszczurką, która żywi się płomieniami. Zwykle jest śnieżnobiała, ale zmienia kolor na niebieski lub szkarłatny w zależności od temperatury ognia, w którym przebywa.

Salamandry mogą przeżyć poza ogniem do sześciu godzin, jeśli będą regularnie karmione pieprzem. Żyją tak długo, jak długo pali się ogień, z którego wyszły. Krew salamandry ma silne właściwości lecznicze i wzmacniające.

SFINKS
[*Sphinx*]
KLASYFIKACJA MM: XXXX
Egipski sfinks ma ludzką głowę i tułów lwa. Od ponad tysiąca lat bywa wykorzystywany przez czarownice i czarodziejów do pilnowania kosztowności i tajnych skrytek. Sfinks jest bardzo inteligentny i kocha się w zagadkach oraz rebusach. Zazwyczaj jest niebezpieczny tylko wtedy, gdy coś zagraża temu, czego pilnuje.

SKRZYDLATY KOŃ
(zwany czasem pegazem)
[*Winged Horse*]
KLASYFIKACJA MM: XX–XXXX
Skrzydlate konie występują na całym świecie. Istnieje wiele różnych ras, między innymi abraksan (niezwykle silny gigantyczny koń maści palomino), aetonan (kasztanowaty, popularny w Wielkiej Brytanii i Irlandii), granian (myszaty, wyjątkowo szybki) i rzadki testral (kary, może być niewidzialny, wielu czarodziejów uważa, że przynosi pecha). Podobnie jak w przypadku hipogryfów, właściciele skrzydlatych koni mają obowiązek rzucać na nie regularnie zaklęcie zwodzące (patrz *Wstęp*).

SMOK
[*Dragon*]
KLASYFIKACJA MM: XXXXX
Smoki są chyba najbardziej znanymi magicznymi zwierzętami, a zarazem jednymi z najtrudniejszych do ukrycia. Samice bywają zazwyczaj większe i bardziej agresywne od samców, ale nikt poza wysoko wykwalifikowanymi i wyszkolonymi czarodziejami nie powinien się zbliżać do

smoka bez względu na jego płeć. Smocza skóra, krew, serce, wątroba i rogi mają wyjątkowo silne właściwości magiczne, ale jaja smoków zostały zaliczone do towarów niewymienialnych klasy A.

Jest dziesięć ras smoków, choć zdarza się, że krzyżują się między sobą, co prowadzi do powstawania nietypowych mieszańców. Oto rasy smoków czystej krwi:

CZARNY HEBRYDZKI
[Hebridean Black]
Ten brytyjski smok jest bardziej agresywny od swojego walijskiego ziomka. Wymaga olbrzymiego terytorium (przynajmniej sto mil kwadratowych na jednego osobnika). Osiąga do trzydziestu stóp długości, ma szorstkie łuski, błyszczące fioletowe oczy, a wzdłuż grzbietu rząd małych, ostrych jak brzytwa wyrostków kostnych. Ogon smoka hebrydzkiego zakończony jest szpikulcem w kształcie grotu strzały, a skrzydła przypominają skrzydła gigantycznego nietoperza. Żywi się głównie drobną zwierzyną, chociaż zdarza mu się porywać duże psy, a nawet bydło. Klan czarodziejów MacFusty, który od wieków

zamieszkuje Hebrydy, jest tradycyjnie odpowiedzialny za opiekę nad swoimi rodzimymi smokami.

DŁUGORÓG RUMUŃSKI
[Romanian Longhorn]

Długoróg ma ciemnozielone łuski i błyszczące złote rogi, na które nabija swoją ofiarę, aby ją upiec swoim ognistym oddechem. Sproszkowane rogi są cennym składnikiem eliksirów. Ojczyzna długorogów jest obecnie najważniejszym na świecie rezerwatem smoków, w którym czarodzieje wszystkich narodowości mogą badać różne ich rasy. Długorogi zostały poddane programowi intensywnego rozrodu, ponieważ ich liczba w ciągu ostatnich lat zastraszająco spadła, głównie z powodu handlu ich rogami, które są teraz klasyfikowane jako materiały handlowe klasy B.

KOLCZASTY NORWESKI
[Norwegian Ridgeback]

Norweski smok kolczasty jest podobny do rogogona, ale zamiast kolców na ogonie może się poszczycić wyjątkowo wydatnymi kolcami wzdłuż

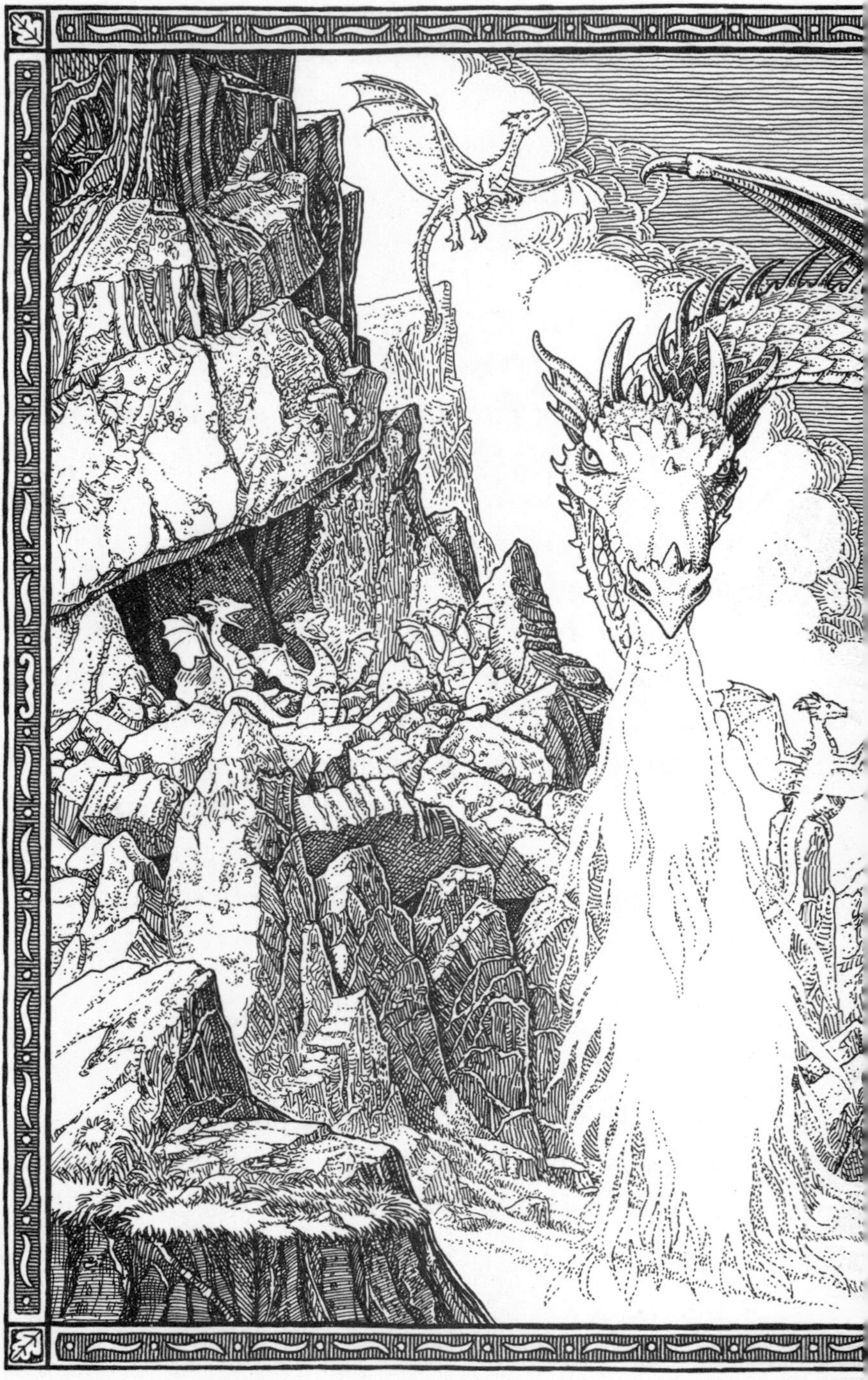

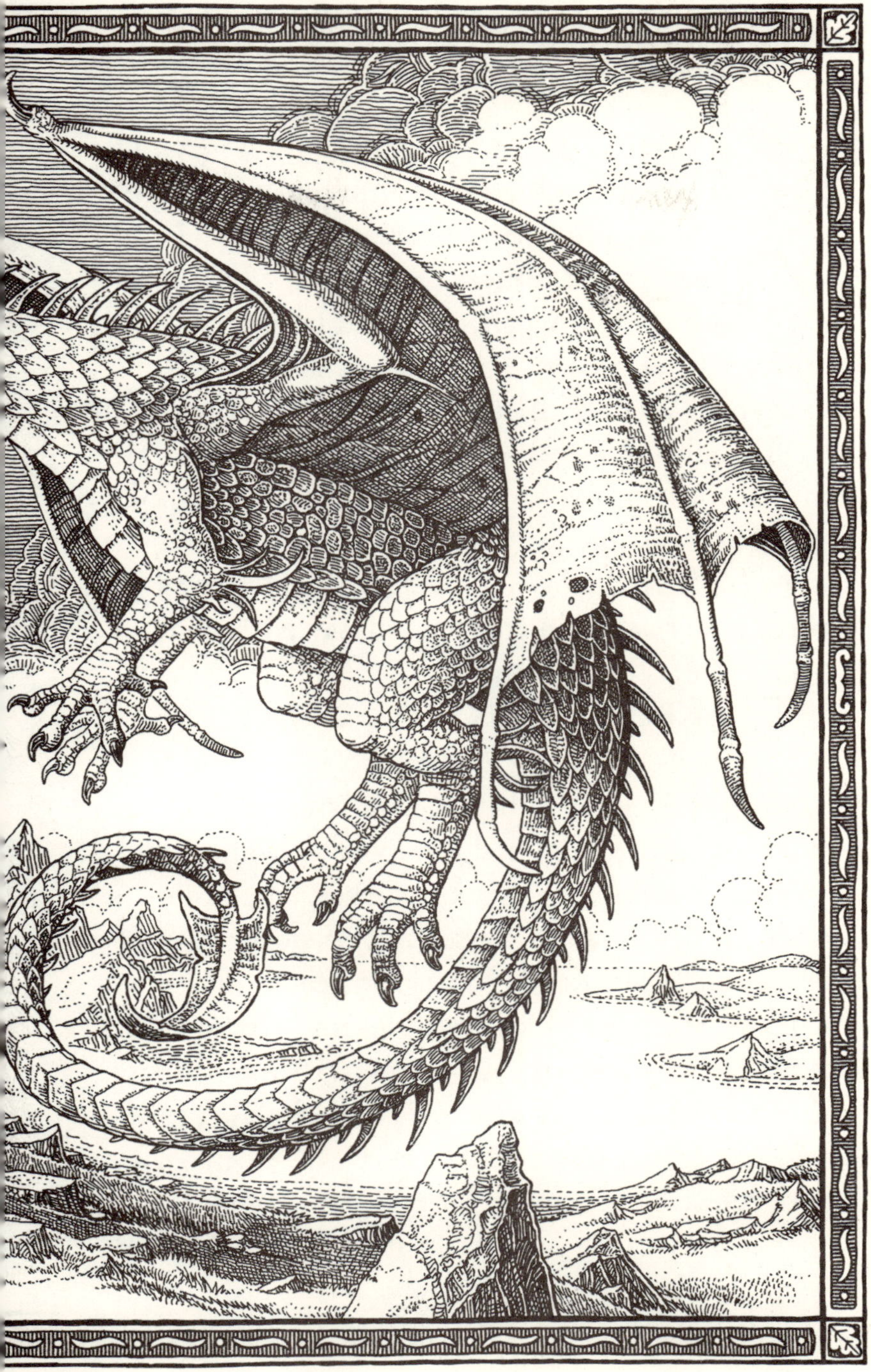

grzbietu. Jest nadzwyczaj agresywny w stosunku do osobników własnego gatunku i obecnie należy do mniej licznej rasy smoków. Poluje na większość ssaków lądowych, ale w odróżnieniu od innych smoków żywi się również stworzeniami wodnymi. Według niepotwierdzonej informacji w 1802 roku norweski smok kolczasty upolował młodego wieloryba u wybrzeży Norwegii. Jaja smoka kolczastego są czarne, a młode opanowują umiejętność ziania ogniem wcześniej niż inne rasy (między pierwszym a trzecim miesiącem życia).

KRÓTKOPYSKI SZWEDZKI
[Swedish Short-Snout]

Krótkopyski jest ładnym, srebrnoniebieskim smokiem, którego skóra jest poszukiwana jako materiał do robienia ochronnych rękawic i osłon. Ogień, który wydobywa się z jego nozdrzy, ma piękny niebieski kolor i może spopielić drzewo lub kość w ciągu kilkunastu sekund. Szwedzki smok krótkopyski ma na sumieniu mniej ludzi niż inne smoki, ale trudno go za to chwalić, jeśli weźmie się pod uwagę fakt, że woli żyć na dzikich i niezamieszkanych górzystych terenach.

OGNIOMIOT CHIŃSKI
(znany czasami jako leodrakon)
[*Chinese Fireball – Liondragon*]

Ten jedyny smok orientalny wygląda wyjątkowo imponująco. Jest pokryty gładką szkarłatną łuską, ma bardzo wypukłe oczy, a wokół perkatego pyska otoczkę ze złotych kolców. Kiedy jest rozzłoszczony, z nozdrzy bucha mu ogień w kształcie grzyba i właśnie jemu zawdzięcza swoją nazwę. Waży od dwóch do czterech ton, samica jest większa od samca. Składa purpurowe jaja w złote cętki, których skorupki są cennym składnikiem wykorzystywanym w chińskiej magii. Ogniomiot jest agresywny, a zarazem bardziej tolerancyjny od większości smoków innych ras, ponieważ zdarza mu się dzielić terytorium nawet z dwoma innymi osobnikami. Żywi się prawie wszystkimi ssakami, ale preferuje świnie i ludzi.

OPALOOKI ANTYPODZKI
[*Antipodean Opaleye*]

Opalooki pochodzi z Nowej Zelandii, ale zdarzało się, że migrował do Australii, gdy na jego terytorium brakowało pożywienia. Chociaż jest to nietypowe dla smoków, opalooki woli zamieszkiwać doliny, a nie góry. Wielkość średnia: od dwóch do trzech ton. Jest to chyba najpiękniejszy rodzaj smoka. Ma opalizujące perłowe łuski i lśniące, wielobarwne, bezźrenicowe oczy, od których wywodzi się jego nazwa. Zieje jaskrawoczerwonym ogniem, ale jak na smoka nie jest zbyt agresywny i rzadko zabija, jeśli nie jest głodny. Jego ulubionym pokarmem są owce, ale znane są przypadki polowania na większe ofiary. Seria ataków na kangury pod koniec lat siedemdziesiątych była dziełem samca smoka opalookiego, który został przegnany ze swojego terytorium przez dominującą samicę. Jaja opalookiego są bladoszarego koloru. Nieświadomi mugole mylą je czasem ze skamielinami.

ROGOGON WĘGIERSKI
[*Hungarian Horntail*]
Przypuszczalnie najgroźniejszy ze wszystkich smoków. Przypomina wielką jaszczurkę pokrytą czarnymi łuskami. Ma żółte oczy, rogi barwy wypolerowanego brązu i tak samo ubarwione kolce sterczące z długiego ogona. Rogogon zieje ogniem na wyjątkowo dużą odległość (do

pięćdziesięciu stóp). Jego jaja mają kolor cementu i bardzo grube skorupki; młode rozbijają je za pomocą kolców na ogonie, które są już dobrze wykształcone w momencie wyklucia. Rogogony żywią się kozami, owcami i, jeśli tylko im się uda, ludźmi.

SPIŻOBRZUCH UKRAIŃSKI
[Ukrainian Ironbelly]

Jest to największa rasa smoków, której osobniki osiągają wagę nawet sześciu ton. Chociaż jest pękaty i wolniejszy od żmijozęba i długoroga, spiżobrzuch ukraiński jest niezwykle niebezpieczny, zdolny do zdruzgotania budynku, na którym wyląduje. Ma metalicznie szare łuski, oczy koloru głębokiej czerwieni i wyjątkowo długie, ostre szpony. Spiżobrzuchy są pod stałą obserwacją ukraińskich czarodziejów-specjalistów, od kiedy w 1799 roku jeden z tych smoków porwał z Morza Czarnego łódź żaglową (na szczęście pustą).

ZIELONY POSPOLITY WALIJSKI
[Common Welsh Green]

Zielony smok walijski świetnie zlewa się z bujną trawą swoich rodzinnych stron, chociaż gnieżdzi się w wyższych partiach gór, gdzie założono smoczy rezerwat. Niezależnie od incydentu w Ilfracombe (patrz *Wstęp*), rasa ta jest jedną z najmniej kłopotliwych, ponieważ – podobnie jak opalooki smok antypodzki – woli polować na owce i unikać ludzi, o ile tylko nie jest przez nich drażniona. Ryk zielonego smoka walijskiego łatwo rozpoznać, gdyż jest zaskakująco melodyjny. Jaja zielonego smoka walijskiego są ziemistobrązowe w zielone cętki.

ŻMIJOZĄB PERUWIAŃSKI
[*Peruvian Vipertooth*]

Ten najmniejszy ze smoków lata najszybciej ze wszystkich smoczych ras. Ma tylko piętnaście stóp długości, gładką łuskę koloru miedzi, z czarnym pasem na grzbiecie. Ma krótkie rogi i wyjątkowo jadowite kły. Żywi się głównie kozami i krowami, ale pod koniec XIX wieku tak się rozsmakował w ludziach, że Międzynarodowa Konfederacja Czarodziejów była zmuszona wysłać do Peru łowców, którzy przetrzebili zbyt szybko mnożącą się populację żmijozębów.

SZCZUROSZCZET
[*Murtlap*]
Klasyfikacja MM: XXX
Szczuroszczet jest stworzeniem podobnym do szczura, spotykanym w przybrzeżnych wodach Wielkiej Brytanii. Ma na grzbiecie narośl przypominającą morską pierścienicę. Zjedzenie marynowanej narośli szczuroszczeta zwiększa odporność na uroki i zaklęcia, ale przedawkowanie może spowodować, że uszy zażywającego porosną okropnymi fioletowymi włosami. Szczuroszczet żywi się skorupiakami, nie gardzi jednak i stopami każdego, kto jest na tyle głupi, by na niego nadepnąć.

SZPICZAK
[*Knarl*]
Klasyfikacja MM: XXX
Szpiczak występuje w północnej Europie i Ameryce. Mugole zazwyczaj mylą go z jeżem. Te dwa gatunki są niemal identyczne, a jedynym wyjątkiem jest ich zachowanie: jeśli jeżowi wystawi się w ogrodzie jedzenie, chętnie przyjmie poczęstunek, natomiast kiedy jedzenie wystawi się szpiczakowi, pomyśli, że właściciel domu chce

go zwabić w pułapkę i wobec tego zniszczy mu rośliny lub rabaty ogrodowe. Wiele mugolskich dzieci było oskarżanych o wandalizm, podczas gdy winny był szpiczak.

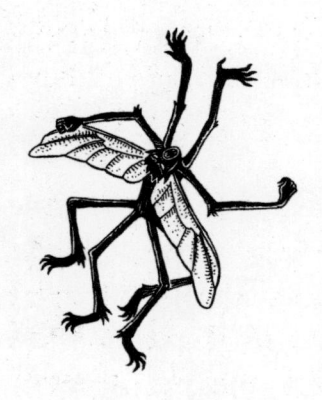

ŚMIERCIOTULA
(znana również jako żywy całun)
[*Lethifold – Living Shroud*]
KLASYFIKACJA MM: XXXXX

Śmierciotula jest na szczęście rzadko spotykanym stworzeniem, występującym jedynie w tropikalnym klimacie. Przypomina czarną pelerynę grubości około pół cala (jest grubsza, jeśli ostatnio zabiła i spożyła ofiarę), która w nocy sunie po ziemi. Pierwsza wzmianka o śmierciotuli została zapisana przez czarodzieja Flaviusa Belby'ego, który miał szczęście przeżyć atak tego złowrogiego stworzenia w 1782 roku, kiedy spędzał wakacje w Papui-Nowej Gwinei.

Około pierwszej nad ranem, kiedy zaczął mnie morzyć sen, usłyszałem gdzieś w pobliżu cichy szelest. Mniemając, że to tylko odgłos liści na drzewie przed domem, przewróciłem się na drugi bok, plecami do okna, i zobaczyłem bezkształtny czarny cień przesuwający się pod drzwiami mojej sypialni. Leżałem bez ruchu, zastanawiając się, co może rzucać taki cień w pokoju oświet-

lonym jedynie blaskiem księżyca. Mój bezruch musiał utwierdzić śmierciotulę w mniemaniu, że jej niedoszła ofiara pogrążona jest we śnie.

Ku memu przerażeniu cień zaczął wpełzać na łóżko i poczułem na sobie lekki ciężar. Stwór był bardzo podobny do pomarszczonej czarnej peleryny, której brzegi falowały lekko, gdy wczołgiwał się na łóżko. Sparaliżowany ze strachu, poczułem na podbródku jego obrzydliwy dotyk. Usiadłem.

To coś zaczęło mnie dusić, powoli pokrywając moją twarz, osnuwając się wokół ust i nosa. Opierałem się, czując, jak otacza mnie jego zimno. Nie mogąc zawołać o pomoc, złapałem różdżkę. Dostałem zawrotów głowy, ponieważ cień oblepił mi całą twarz i nie mogłem

nabrać powietrza, ale skupiłem się ze wszystkich sił na rzuceniu zaklęcia oszałamiającego, a potem – ponieważ zaklęcie nie podziałało na potwora, mimo że wywaliło dziurę w drzwiach – zaklęcia Impedimento, które również nic nie dało. Walcząc dalej zajadle, przeturlałem się na bok i spadłem na podłogę, całkowicie już spowity śmierciotulą.
Wiedziałem, że zaraz stracę przytomność. Zdesperowany zebrałem resztki energii. Skierowałem różdżkę w stronę zabójczych fałdów tego stworzenia, przywołałem wspomnienie dnia, w którym zostałem wybrany na prezesa Klubu Gargulkowego i wezwałem patronusa. Prawie natychmiast poczułem na twarzy świeży powiew. Podniosłem wzrok i zobaczyłem, jak mój patronus rogami wyrzuca w powietrze morderczy cień, który przeleciał przez pokój, po czym odpełzł szybko w dal.

Jak widać z dramatycznej relacji Belby'ego, patronus jest jedynym znanym czarem, który może powstrzymać śmierciotulę. Ponieważ jednak śmierciotula zazwyczaj atakuje śpiących, jej ofiary rzadko mają możliwość użyć skutecznego zaklęcia. Kiedy ofiara zostanie uduszona, śmierciotula spożywa ją na miejscu, w jej własnym łóżku. Później opuszcza dom trochę grubsza niż przed posiłkiem, nie pozostawiając po sobie ani po ofierze żadnego śladu[22].

ŚWIERGOTNIK
[Fwooper]
Klasyfikacja MM: XXX

Świergotnik jest afrykańskim ptakiem o wyjątkowo jaskrawym upierzeniu. Spotyka się osobniki pomarańczowe, różowe, cytrynowozielone i żółte. Świergotniki są od dawna dostarczycielami luksusowych piór, składają też przepięknie

---

[22] Nie da się ustalić liczby ofiar śmierciotuli, ponieważ nie zostawia żadnych śladów swojej bytności. Dużo łatwiej policzyć czarodziejów, którzy dla swoich własnych niegodziwych zamiarów udawali, że padli ofiarą śmierciotuli. Ostatni taki przypadek miał miejsce w 1973 roku, kiedy czarodziej Janus Thickey zniknął, pozostawiając na nocnym stoliku pośpiesznie skreśloną wiadomość o treści: „Och dopadła mnie śmierciotula duszę się". Ponieważ łóżko było puste i nie poplamione krwią, dzieci i żona Janusa były przekonane, że został pożarty przez śmierciotulę. Rodzina pogrążyła się w żałobie, która została brutalnie przerwana, kiedy Janusa odnaleziono o pięć mil drogi od domu z właścicielką Zielonego Smoka.

nakrapiane jaja. Śpiew świergotnika, choć z początku miły uchu, po pewnym czasie doprowadza słuchacza do szaleństwa[23] i dlatego na sprzedawane świergotniki rzuca się zaklęcie uciszające, które należy co miesiąc odnawiać. Posiadacze świergotników muszą mieć licencję, ponieważ ptaki te wymagają specjalnej opieki.

---

[23] Urik Kaprawe Oko usiłował swego czasu udowodnić, że śpiew świergotnika ma zbawienne działanie zdrowotne i słuchał go przez trzy miesiące bez przerwy. Niestety Rada Czarodziejów, której zdał raport ze swoich doświadczeń, nie zaakceptowała tego odkrycia, ponieważ przybył na spotkanie nago, jedynie z peruką na głowie, która po bliższym zbadaniu okazała się zdechłym borsukiem.

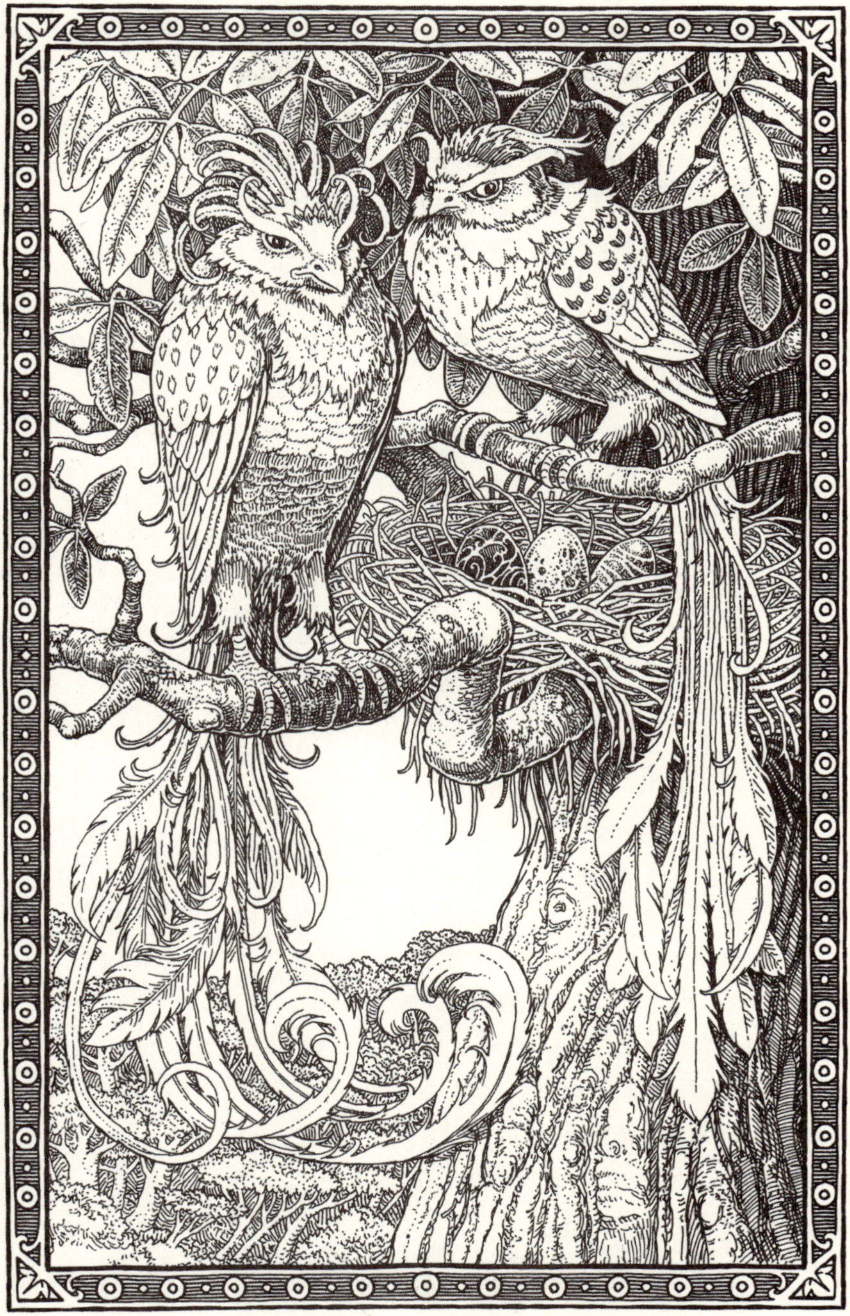

TEBO
[*Tebo*]
KLASYFIKACJA MM: XXXX

Tebo jest guźcem popielatego koloru, spotykanym w Kongo i Zairze. Może stawać się niewidzialny, co sprawia, że bardzo trudno przed nim uciec albo go złapać. Jest nadzwyczaj niebezpieczny. Skóra tebo jest wysoko cenionym surowcem na ochraniacze i ubrania.

TOKSYCZEK
[*Streeler*]
KLASYFIKACJA MM: XXX

Toksyczek jest olbrzymim ślimakiem, który ciągle zmienia kolor, a pełznąc, pozostawia za sobą ścieżkę z niezwykle jadowitego śluzu, który wysusza i wypala całą roślinność, po której przeszedł. Naturalnym środowiskiem toksyczka jest kilka afrykańskich krajów, ale z powodzeniem hodują go czarodzieje z Europy, Azji i obu Ameryk. Jest trzymany jako zwierzątko domowe przez tych, których bawi jego nieustanne zmienianie barwy, a jego jad jest jednym z nielicznych środków uśmiercających chorbotki.

TOPEK
[*Imp*]
Klasyfikacja MM: XX

Topek spotykany jest w Wielkiej Brytanii i Irlandii. Czasami mylony z chochlikiem. Są podobnego wzrostu (od sześciu do ośmiu cali), ale w przeciwieństwie do chochlika topek nie potrafi latać i nie jest tak jaskrawo ubarwiony (topki mogą mieć maść od ciemnobrązowej po czarną). Ma jednak zbliżone do chochlikowego błazeńskie poczucie humoru. Lubi tereny wilgotne i bagniste, często można go spotkać nad brzegami rzek, gdzie uprzyjemnia sobie czas, podstawiając nogę lub popychając niczego nie spodziewających się przechodniów. Topek żywi się małymi owadami, a rozmnaża się podobnie jak elfy, z tą różnicą, że topki nie przędą kokonów. Młode wykluwają się w pełni uformowane, mają około cala wzrostu.

TROLL
[*Troll*]
KLASYFIKACJA MM: XXXX
Troll jest budzącym grozę stworzeniem o wzroście dochodzącym do dwunastu stóp i wadze powyżej tony. Znany ze swojej ogromnej siły i równej jej głupoty, często bywa brutalny i nieobliczalny. Trolle pochodzą ze Skandynawii, ale obecnie można je spotkać w Wielkiej Brytanii, Irlandii i innych częściach północnej Europy.

Trolle porozumiewają się między sobą pomrukami, które stanowią swego rodzaju prymitywny język, ale znane są przypadki osobników, które rozumiały język ludzi, a nawet potrafiły wy-

mówić kilka prostych słów. Bardziej inteligentne trolle bywały przyuczane do stróżowania.
Są trzy rasy trolli: górskie, leśne i rzeczne. Troll górski jest największy i najbardziej niebezpieczny. Jest łysy, o bladoszarej skórze. Troll leśny ma skórę bladozieloną, a niektóre osobniki porośnięte są rzadkimi, cienkimi włoskami zielonego lub brązowego koloru. Troll rzeczny ma krótkie różki i może być kudłaty. Ma siną skórę i często można go znaleźć przyczajonego pod mostami. Trolle żywią się surowym mięsem i nie są wybredne; zjadają zarówno zwierzęta, jak i ludzi.

TRYTON
(znany również jako syrena, nereida i wodnik)
[*Merpeople – Sirens, Selkies, Merrows*]
Klasyfikacja MM: XXXX[24]
Trytony występują na całym świecie, a ich wygląd jest równie zróżnicowany jak w przypadku ludzi. Ich zwyczaje są równie tajemnicze jak centaurów. Jednak ci czarodzieje, którzy opanowali język trytoński, opowiadają o dobrze zorganizowanych społecznościach, różniących się mię-

---

[24] Patrz przypis do klasyfikacji centaura.

dzy sobą wielkością w zależności od środowiska, w którym żyją, a także o złożonych konstrukcjach mieszkalnych, które budują. Podobnie jak centaury, trytony odmówiły statusu istot, woląc pozostać zwierzętami (patrz *Wstęp*).

Najstarsze dane mówią o trytonach zwanych syrenami (Grecja) i właśnie w ciepłych wodach Morza Śródziemnego można spotkać piękne syreny, tak często pojawiające się w literaturze i malarstwie mugoli. Wodniki ze Szkocji i merkuny z Irlandii są mniej urodziwe, ale podzielają umiłowanie muzyki, wspólne dla wszystkich trytonów.

TRZMINOREK
[*Glumbumble*]
Klasyfikacja MM: XXX

Trzminorek (północna Europa) jest szarym, włochatym owadem latającym, który wytwarza syrop wywołujący melancholię, używany jako antidotum na histerię spowodowaną spożyciem liści raptuśnika. Zdarza się, że trzminorek zagnieżdża się w ulach, ze zgubnym dla miodu skutkiem. Gnieździ się w ciemnych, zacisznych miejscach, takich jak dziuple drzew i jaskinie. Żywi się głównie pokrzywami.

WAMPUS
[*Wampus Cat*]
Klasyfikacja MM: XXXXX

Wampus pochodzi z Appalachów. Rozmiarami i wyglądem przypomina pumę albo kuguara. Potrafi chodzić na tylnych łapach, jest szybszy od strzały, a jego żółte oczy mają ponoć zdolność hipnotyzowania i legilimencji. Wybornymi znawcami jego obyczajów i magicznych zdolności są Czirokezi, z którymi dzieli ten sam region. Tylko im udało się, jak dotąd, użyć włosa wampusa do produkcji różdżek. W 1832 roku czarodziej Abel Treetops z Cincinnati oznajmił, że wynalazł metodę oswajania wampusów i wykorzystania ich do strzeżenia domów czarodziejów. Treetops został uznany za oszusta, kiedy do jego domu wdarli się funkcjonariusze MACUSA i nakryli go na rzucaniu zaklęć powiększających na kuguchary. Jeden z domów Szkoły Magii i Czarodziejstwa w Ilvermorny nazwany jest Domem Wampusa.

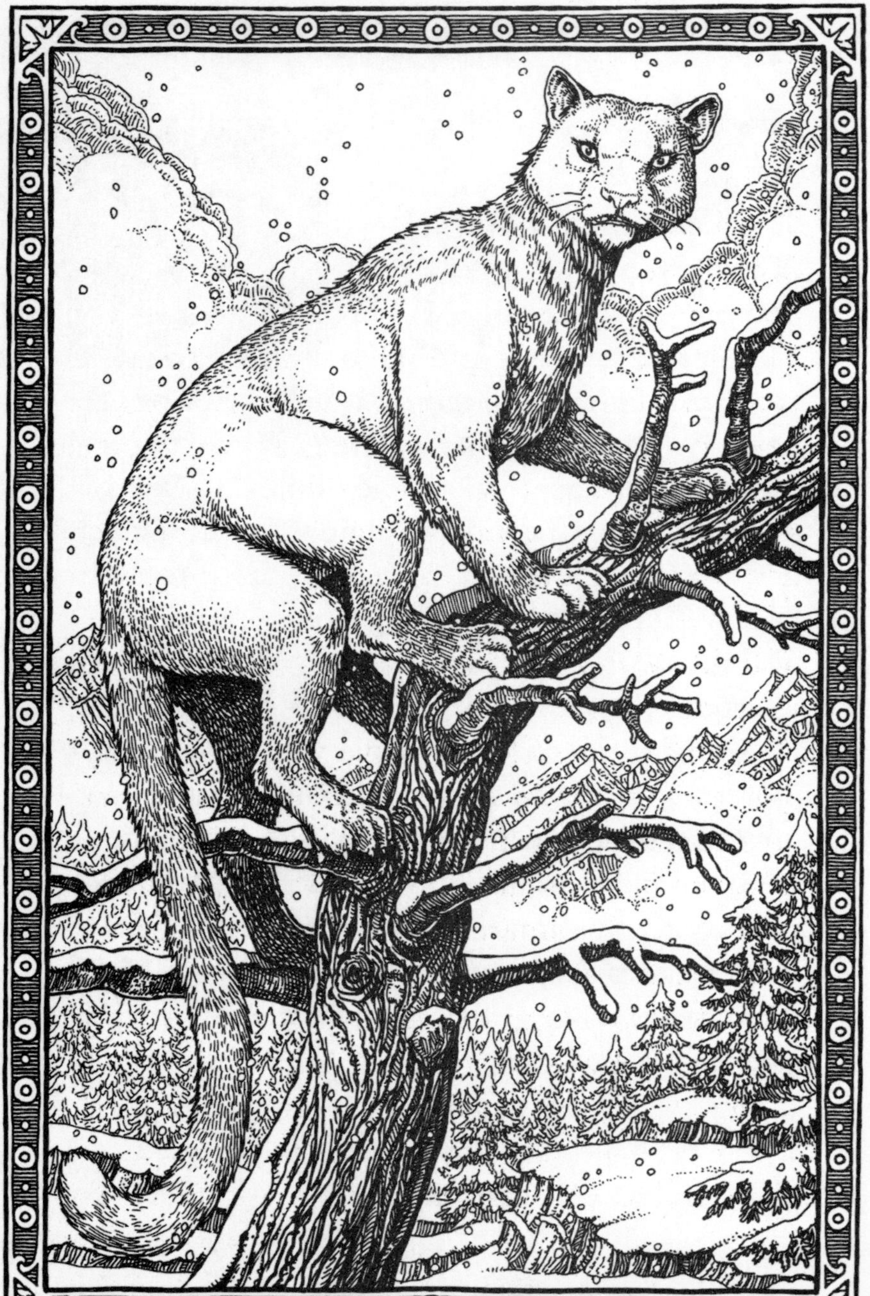

WĄŻ MORSKI
[*Sea Serpent*]
Klasyfikacja MM: XXX
Węże morskie występują w Atlantyku, Oceanie Spokojnym i Morzu Śródziemnym. Chociaż wyglądają groźnie, nie są znane przypadki zabicia przez nie człowieka, jeśli nie liczyć histerycznych opowieści mugoli o okrutnym zachowaniu tych zwierząt. Osiągają sto stóp długości, mają końską głowę i ciało węża, którego pętle wystają ponad wodę.

WIDŁOWĄŻ
[*Runespoor*]
Klasyfikacja MM: XXXX
Widłowąż pochodzi z Burkina Faso, małego kraju afrykańskiego. Ten trójgłowy wąż osiąga zazwyczaj długość sześciu do siedmiu stóp. Ponieważ widłowąż jest pomarańczowego koloru w czarne pasy, bardzo łatwo go zauważyć i właśnie dlatego Ministerstwo Magii z Burkina Faso przeznaczyło pewien obszar leśny wyłącznie do dyspozycji widłowęży i te tereny są od tej pory nienanoszalne.

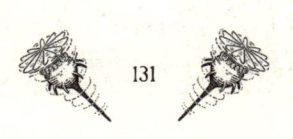

Chociaż nie jest zbyt agresywnym zwierzęciem, był swego czas ulubioną maskotką czar-

noksiężników, z pewnością ze względu na jego imponujący i budzący respekt wygląd. Dzięki zapiskom wężoustych, którzy hodowali widłowęże, znamy ich przedziwne zwyczaje. Z zapisków wynika, że każda głowa widłowęża ma inne zadanie. Lewa (patrząc od strony czarodzieja stojącego naprzeciw węża) zajmuje się planowaniem, decyduje, dokąd widłowąż pójdzie i co będzie robił. Środkowa jest marzycielem (widłowęże potrafią leżeć nieruchomo przez kilka dni, zatopione w pięknych wizjach i marzeniach). Prawa głowa jest sędzią i ocenia pomysły lewej i środkowej głowy, wyrażając to nieprzerwanym, denerwującym syczeniem. Kły prawej głowy są niezwykle jadowite. Widłowąż rzadko dożywa podeszłego wieku, ponieważ jego głowy mają zwyczaj atakowania się nawzajem. Bardzo często spotyka się widłowęże bez prawej głowy, podczas gdy dwie pozostałe są splątane.

Widłowąż składa jaja otworem gębowym i jest to jedyne znane zwierzę magiczne, które zachowuje się w ten sposób. Jaja te są niezwykle cenne, ponieważ używa się ich do sporządzania eliksirów poprawiających sprawność umysłową. Handel jajami i dorosłymi osobnikami widłowęży kwitnie na czarnym rynku od kilku wieków.

WILKOŁAK
[*Werewolf*]

KLASYFIKACJA MM: XXXXX[25]

Wilkołak występuje na całym świecie, chociaż podejrzewa się, że pochodzi z północnej Europy. W wilkołaka można się zamienić wyłącznie na skutek ugryzienia przez jednego z nich. Nie znaleziono jeszcze na to lekarstwa, ale ostatnie odkrycia w dziedzinie eliksirów zmniejszyły wydatnie najgorsze symptomy przemiany. Raz w miesiącu, przy pełni księżyca, zazwyczaj normalny, o zdrowych zmysłach czarodziej lub mugol zamienia się w krwiożerczą bestię. Jako jedne z nielicznych fantastycznych zwierząt, wilkołaki specjalnie poszukują ludzi, ponieważ jest to ich ulubiona zdobycz.

---

[25] Oczywiście ta klasyfikacja dotyczy wilkołaka w jego zmienionej formie. Jeśli nie ma pełni księżyca, wilkołaki są równie niegroźne jak inni ludzie. Kto chce poznać rozdzierającą prawdę o walce czarodziejów z likatropią, temu polecam klasyczny utwór *Włochaty pysk, lecz dusza ludzka* anonimowego autora (Whizz Hard Books, 1975).

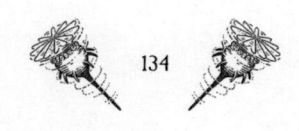

WOZAK
[Jarvey]
Klasyfikacja MM: XXX

Wozaka spotyka się w Wielkiej Brytanii, Irlandii i Ameryce Północnej. Przypomina przerośniętą fretkę, ale w przeciwieństwie do niej potrafi mówić. Nie da się jednak prowadzić prawdziwej rozmowy z wozakiem, ponieważ ten ogranicza się do krótkich (i zazwyczaj obraźliwych) zdań, które wypowiada prawie bez przerwy. Wozaki mieszkają zazwyczaj pod ziemią, gdzie polują na gnomy, żywią się również kretami, szczurami i myszami polnymi.

WSIĄKIEWKA
[*Moke*]
Klasyfikacja MM: XXX
Wsiąkiewka jest srebrno-zieloną jaszczurką, osiągającą do dziesięciu cali długości i spotykaną w całej Wielkiej Brytanii i Irlandii. Może kurczyć się, kiedy chce, i w związku z tym nigdy nie została zauważona przez mugoli.

Skóra wsiąkiewki jest wysoko ceniona przez czarodziejów. Wytwarza się z niej sakiewki i portfele, gdyż ten łuskowaty materiał reaguje tak samo na zbliżanie się obcego, jak reagował jego właściciel. To dlatego złodziejom tak trudno znaleźć przedmioty ze skóry wsiąkiewki.

YETI
(znany również jako wielka stopa i śnieżny człowiek)
[*Bigfoot, the Abominable Snowman*]
KLASYFIKACJA MM: XXXX

Pochodzi z Tybetu. Podejrzewa się, że jest spokrewniony z trollem, ale jeszcze nikomu nie udało się do niego zbliżyć na tyle, aby przeprowadzić odpowiednie obserwacje, które by to potwierdziły. Osiąga piętnaście stóp wzrostu i cały jest porośnięty śnieżnobiałym włosem. Yeti pożera wszystko, co stanie mu na drodze, ale ponieważ boi się ognia, może być odparty przez wprawnych czarodziejów.

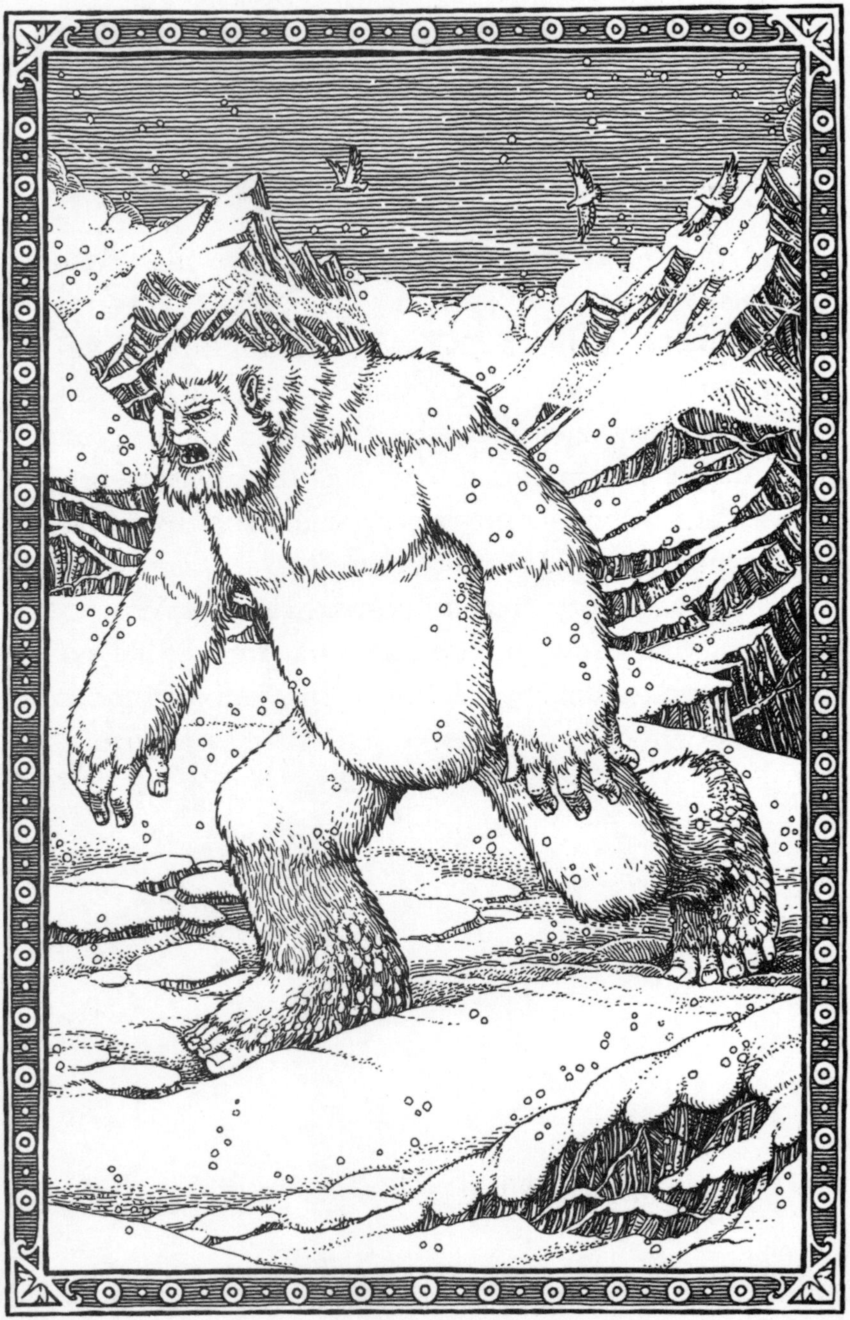

ZNIKACZ

[*Snidget*]

Klasyfikacja MM: XXXX[26]

Złoty znikacz jest niezwykle rzadkim ptakiem chronionym. Ten okrąglutki ptak, o bardzo długim, wąskim dziobie i błyszczących, przypominających kamienie szlachetne oczach potrafi niezwykle szybko latać, a dzięki obrotowym stawom skrzydełek z niespotykaną szybkością i zręcznością zmienia kierunek lotu.

Pióra i oczy złotego znikacza są tak wysoko cenione, że swego czasu groziło mu wyginięcie z powodu polowań. Niebezpieczeństwo zauważono w porę i gatunek został otoczony ochroną, której najważniejszym krokiem było zastąpienie w quidditchu złotego znikacza złotym zniczem[27]. Kolonie znikaczy istnieją na całym świecie.

---

[26] Złoty znikacz dostał kategorię XXXX nie dlatego, że jest niebezpieczny, ale z powodu wysokich kar, które grożą za złapanie go lub skrzywdzenie.

[27] Każdego zainteresowanego rolą, jaką złoty znikacz odegrał w rozwoju quidditcha, odsyłam do *Quidditcha przez wieki* Kennilworthy'ego Whispa (Whizz Hard Books, 1952).

ŻABERT

[*Clabbert*]

Klasyfikacja MM: XX

Żabert jest stworzeniem nadrzewnym. Z wyglądu przypomina krzyżówkę małpy z żabą. Pochodzi z południowych stanów Ameryki, ale w tej chwili występuje już na całym świecie. Żabert jest bezwłosy, a jego gładką zieloną skórę pokrywają cętki. Między palcami górnych i dolnych kończyn ma błony pławne. Ręce i nogi żaberta są długie i giętkie, co pozwala mu poruszać się pośród gałęzi ze zwinnością orangutana. Z głowy wyrastają mu krótkie rogi, a jego szerokie usta sprawiają wrażenie, jakby cały czas się uśmiechał, ukazując przy tym ostre jak brzytwa zęby. Żabert żywi się głównie małymi jaszczurkami i ptakami.

Najbardziej charakterystyczną cechą żaberta jest duży bąbel pośrodku czoła, który przybiera szkarłatną barwę i zaczyna błyskać, gdy zwierzę wyczuje niebezpieczeństwo. W przeszłości amerykańscy czarodzieje trzymali żaberty w ogródkach, aby ostrzegały ich przed zbliżającymi się mugolami, ale Międzynarodowa Konfederacja

Czarodziejów wprowadziła kary, które w dużym stopniu ukróciły ten proceder. W nocy widok drzewa pełnego błyskających światełek żabertów, chociaż bardzo efektowny, wzbudzał zdziwienie zbyt wielu mugoli, którzy dopytywali się swoich sąsiadów, dlaczego w czerwcu zapalają na drzewkach bożonarodzeniowe lampki.

ŻĄDLIBĄK
[*Billywig*]
Klasyfikacja MM: XXX
Żądlibąk jest australijskim owadem. Ma około pół cala długości i jest intensywnie szafirowy. Lata z tak dużą prędkością, że mugole rzadko go zauważają, a nawet czarodziejom spostrzeżenie go sprawia pewne trudności, dopóki nie zostaną użądleni. Żądlibąk ma skrzydła na czubku głowy. Macha nimi tak szybko, że podczas lotu kręci się wokół własnej osi. U dołu ciała znajduje się długie i cienkie żądło. Użądlenie wywołuje najpierw zawroty głowy, a następnie lewitację. Pokolenia młodych australijskich czarownic i czarodziejów starały się łapać żądlibąki i zmuszać je do żądlenia, aby móc cieszyć się tymi efektami ubocznymi, aczkolwiek zbyt duża liczba użąd-

leń może sprawić, że ofiara będzie się unosić nad ziemią przez kilka dni, a w przypadku silnej reakcji alergicznej może dojść do stałej lewitacji. Suszone żądła żądlibąka są składnikiem kilku eliksirów, podobno są też używane do produkcji tak lubianych przez młodych czarodziejów cukierków, musów-świstusów.

ŻMIJOPTAK
[*Occamy*]
KLASYFIKACJA MM: XXXX
Żmijoptak spotykany jest na Dalekim Wschodzie i w Indiach. Jest upierzonym i uskrzydlonym dwunogim stworzeniem o wężowatym ciele, które może osiągnąć piętnaście stóp długości. Żywi się głównie szczurami i ptakami, ale zdarzało się, że porywał małpy. Żmijoptak jest agresywny wobec wszystkich, którzy się do niego zbliżą, zwłaszcza kiedy broni swoich jaj, których skorupki zrobione są z najczystszego i najdelikatniejszego srebra.

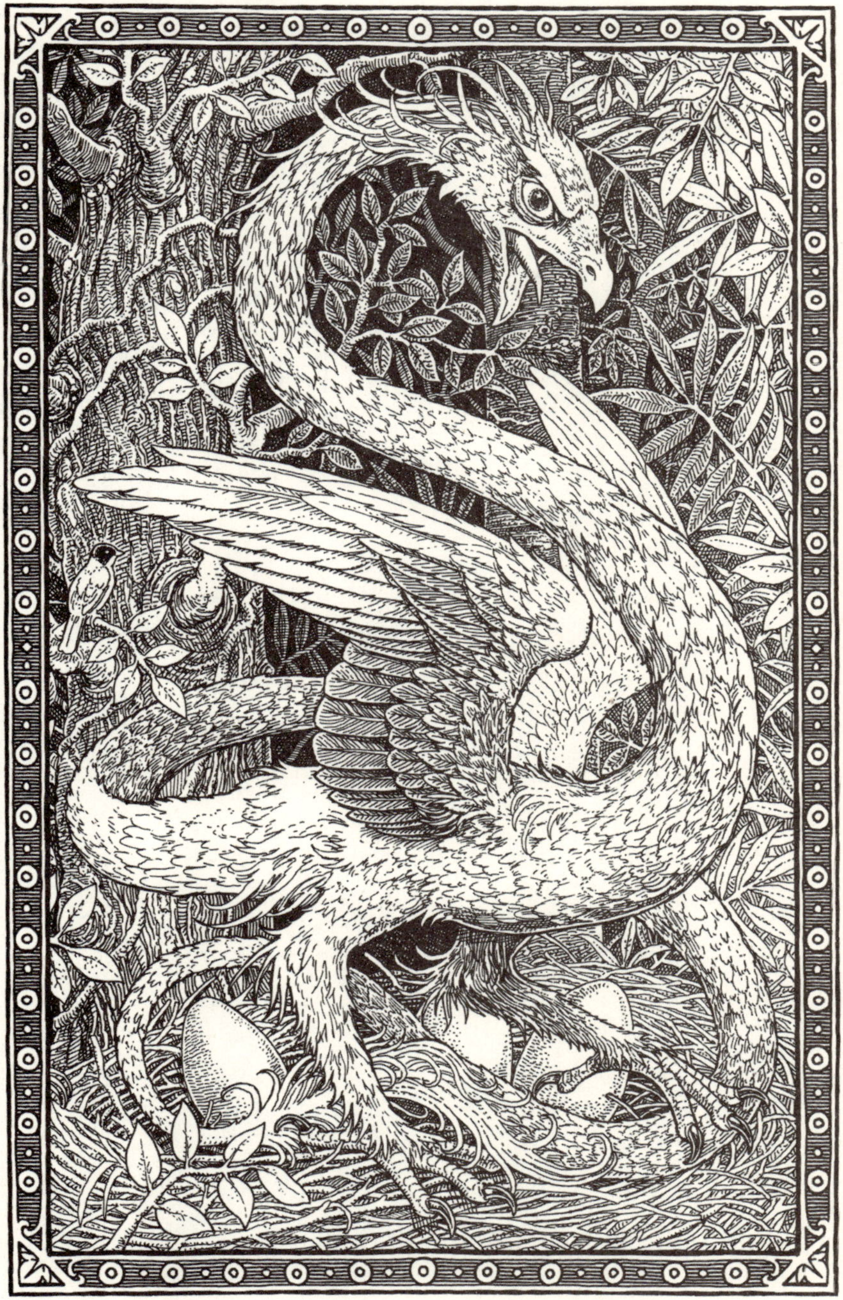

O AUTORZE

NEWTON (NEWT[28]) ARTEMIS FIDO SKAMANDER urodził się w 1897 roku. Jego zainteresowania legendarnymi zwierzętami rozwijały się pod wpływem matki, która oddawała się z zapałem hodowli wyszukanych hipogryfów. Po ukończeniu Hogwartu pan Skamander znalazł pracę w Urzędzie Kontroli nad Magicznymi Stworzeniami przy brytyjskim Ministerstwie Magii. Po dwu latach pracy w Biurze Przemieszczania Skrzatów Domowych – latach, które określa jako „niezwykle nużące" – został przeniesiony do Wydziału Zwierząt, gdzie jego zdumiewająca znajomość dziwacznych stworów zapewniła mu szybki awans.

Newton Skamander jest głównym twórcą Rejestru Wilkołaków z 1947 roku, ale najbardziej dumny jest z Zakazu Eksperymentalnej Hodowli z 1965 roku, który skutecznie zapobiega hodowaniu na terenie Wielkiej Brytanii nowych, nie dających się oswoić potworów. Współpraca pana Skamandera z Biurem Wyszukiwania i Oswajania Smoków zaowocowała wieloma wyprawami poszukiwawczymi. Zgromadzone podczas nich

---

[28] *Newt* to po angielsku traszka (przyp. tłum.).

obserwacje zebrał w słynnym bestsellerze *Fantastyczne zwierzęta i jak je znaleźć*.

W 1979 roku Newt Skamander został odznaczony Orderem Merlina Trzeciej Klasy w uznaniu zasług dla rozwoju magizoologii. Obecnie jest na emeryturze, mieszka w Dorset z żoną Porpentyną i trzema kugucharami: Hopkiem, Walkiem i Packiem.

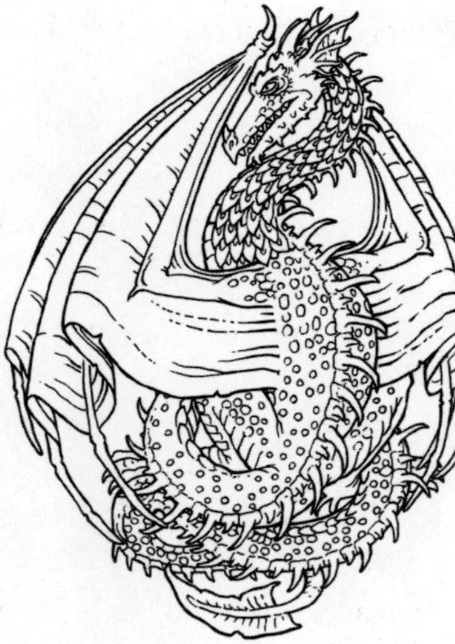

LUMOS
Protecting Children. Providing Solutions.

Osiem milionów dzieci na świecie mieszka w domach dziecka – mimo że osiemdziesiąt procent z nich to nie są sieroty.

Większość z tych dzieci trafia do instytucji opiekuńczych, ponieważ rodziców nie stać na ich utrzymanie. I choć zakładaniu i utrzymywaniu wielu domów dziecka towarzyszą dobre intencje, to prowadzone od ponad osiemdziesięciu lat badania dowodzą, że dzieci mieszkające w nich są bardziej narażone na wykorzystywanie i częściej padają ofiarami handlu ludźmi. Poza tym znacznie trudniej jest im się odnaleźć w dorosłym świecie.

Mówiąc wprost, dzieci potrzebują domu rodzinnego, a nie domu dziecka.

Lumos, organizacja charytatywna założona przez J.K. Rowling, przybrała nazwę od znanego z serii o Harrym Potterze zaklęcia wykorzystywanego do wytworzenia światła, które oświetla nawet najbardziej mroczne miejsca. Tym właśnie zajmujemy się w Lumos. Znajdujemy dzieci w placówkach opiekuńczych i zmieniamy globalne systemy opieki, tak aby dzieci mogły mieć rodziny, których potrzebują.

Dziękujemy za zakup tej książki. Jeśli chcesz dołączyć do J.K. Rowling i Lumos i stać się częścią ogólnoświatowego ruchu na rzecz zmiany, dowiedz się, jak możesz się zaangażować na wearelumos.org, @lumos i na Facebooku.

COMIC RELIEF UK

Od roku 2001 *Quidditch przez wieki* oraz *Fantastyczne zwierzęta i jak je znaleźć* przyniosły niemal dwadzieścia milionów funtów – magiczną sumę pieniędzy, która ma moc zmieniania życia na lepsze.

Fundusze pozyskane ze sprzedaży tego właśnie nowego wydania wspomogą dzieci i młodych ludzi na całym świecie, zapewniając im w przyszłości bezpieczeństwo, zdrowie, solidne wykształcenie i mocną pozycję. Najbardziej zależy nam na wsparciu tych dzieci, które przychodzą na świat w najtrudniejszych okolicznościach – tam, gdzie szerzą się konflikty, ma miejsce przemoc, panuje wojna; gdzie są zaniedbywane lub wykorzystywane.

Dziękujemy Ci za wsparcie. By dowiedzieć się więcej o Comic Relief, odwiedź nas na comicrelief.com, Twitterze (@comicrelief) albo polub na Facebooku!

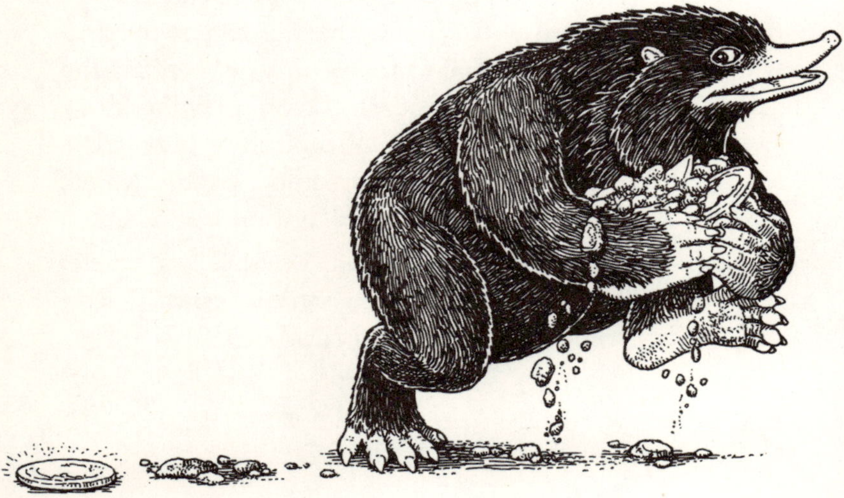